岸辺露伴は嗤わない

短編小説集

柴田勝家

original concept
荒木飛呂彦

CONTENTS

曰くのない人形

ここイタリアには〈泥棒市《どろぼういち》〉というものがある。

いわゆる蚤《のみ》の市《いち》だが、他の地域で見かけられる市よりも雑多で、何より行儀が悪い。

歴史ある都市に相応《ふさわ》しく、結構なアンティークも並んでいるが、その名の通り、拾い物や盗品、コピー品なども平気で並べられている。ごく一部の良心的な商人と、適当なガラクタを売る一般人、ゴミ捨て場から回収した品を扱う賢い露天商、あとは観光客を呼び込む海賊版専門店で構成された市だ。

置いてあるものといえば、立派そうな小物やオブジェがあったかと思えば、その横に不揃いなカトラリー、ヒビの入ったランプシェード、くすんだ燭台《しょくだい》が並ぶ。あるいは積まれた衣服と、持ち帰ることを考えていない家具の山、そして明らかに偽物の宝飾品と紳士靴。

つまり美学のないことが美学。それが〈泥棒市〉だ。


岸辺露伴《きしべろはん》は漫画家だ。言うまでもなく、といった情報――。

露伴は〈少年ジャンプ〉で〈ピンクダークの少年〉という作品を連載中の人気漫画家であり、現在は新展開への取材と休暇を兼ねてイタリアへ旅行中だった。

そうして取材先を巡っている時に、露伴は〈泥棒市〉を訪れた。漫画家として当然の興味だった。

「ヒトデ、好き？　ねぇ、乾いたヒトデどう？」

商魂たくましい男――海辺で拾った物を売っているそうだ――が、先ほどから露伴に話しかけている。だが店先で佇む露伴は明らかに落胆していた。

（なにが〈泥棒市〉だ。普通の市場だろう）

名前に偽りあり、と露伴は思った。

昼間の市場は観光客と地元の人間、そして物売りでごった返しているが、まったく不穏な気配はない。

結局、いくら〈泥棒市〉と呼ばれようが単なる蚤の市だ。表通りに並ぶ露店には、雑多で珍しかろうが、通販で手に入るような品しか並んでいない。

露伴としては〈泥棒市〉の名の通り、一般社会では取り扱えないような品物が多く並ぶ光景を期待していた。

犯罪に用いられたか、犯罪の結果として持ち出された物品。実際に購入するかは別だが、そうした情念にまみれた品が、人間の欲によってあっさり売られている光景が見たい。そう思って、わざわざ足を運んだのだから。

（とはいえ、なんだかんだで楽しんでる僕もいる）

露伴のバッグには今、イタリアで出版されたパスタ専門の写真集が入っている。市場の古本屋で安く購入したものだ。

複雑な思いを抱える露伴。ここで帰るべきか、まだ見て回るかを悩んでいた。

「ねぇ、貝殻は？　綺麗なのあるよ」

先ほどから露天商の男が人懐っこく話しかけてくる。ずっと店先にいるのだから、これは露伴の方が悪い。

「いや、結構だ」

「そう？　綺麗だよ、シャコ貝あるよ」

パカパカと巨大な貝殻を開いてみせる男に対し、露伴は視線を送る。

「なぁ、アンタ。この辺で犯罪に使われた品を売ってる店とかないか？　教えてくれたら、そこのウニの殻か……、よくわからないが、そいつを買ってもいい」

その提案に男は笑顔を作り、嬉しそうにウニの殻を掲げてみせた。

「そういうのならルーチョだ。蛇の入れ墨がある男。あそこの路地を入ったところで店を出してる。ウニの殻、どっちがいい？」

「わかった、ありがとう」

露伴は男にユーロ紙幣を渡すと、ウニの殻を受け取ることなく教えられた通りへ向かった。

〈なるほど、こいつは……たしかに〈泥棒市〉らしい〉

路地裏に入ると雰囲気が変わり、明らかに観光客向けではない露店が並んでいた。

店先に並ぶのは、どこかから盗んだであろう自転車に、拾い集めた各国紙幣、古い携帯電話などなど。物売りたちも表通りの者たちとは異なり、薄暗い目をして露伴の方を見ていた。

「ルーチョの店ってのは、ここかい？」

やがて目当ての店を見つけ、露伴が近づいていく。

ちょうど額《ひたい》に蛇を這わせた男が、ごわごわしたブルーシートに商品を並べていた。それらの品物に統一感はなく、古本があれば陶器や食器類もあり、子供用の玩具と宝飾品が一緒くたにされている。

「ああ、俺がルーチョさ。中国人……、日本人？　あー、誰かから聞いた？　ようこそ、歓迎するよ」

ルーチョの言葉は大げさだが、露伴が見たかった〈泥棒市〉として、充分に役目を果たしている。

「じゃあ、このナイフなんか気になるな……。新品とは思えないヤツだ。説明してくれるか。興味《ベネ》がある」

「いいぜ。これは凄いモンだぜ、連続通り魔が使ってた凶器だ。ブスゥッ、ってな。これで五人が殺された」

「こっちの上等な女物の服は？」

「そいつは悲しいね、海に身を投げて死んだ女の服だ。警察の友達が譲ってくれたんだよォ」

「なるほどなァ、あの鍋は！」

「一家心中があった家から持ち出したぜ！　父親がコイツで毒入りシチューを作った。最後の晩餐さ！」

　ルーチョは当意即妙《とういそくみょう》に答えてくる。あまりの嘘くささに、露伴も思わず笑ってしまうが、一方で興味も湧いてきた。

　咄嗟《とっさ》に『曰《いわ》く』をでっち上げて、彼は商品に付加価値をつけている。露伴のような人間にとっては『曰く』こそが価値になると知っていて、おどろおどろしい由来を語ってくる。嘘の出来は悪いが、これこそ露伴が見たいと思っていた〈泥棒市〉の商人だ。

　だから、露伴もルーチョの語りをもっと聞きたく思い、その〈人形〉を指さした。

　それはくすんだ木彫りのもので、のっぺりした顔には何も描かれておらず、針金で繫がれた腕と足がある。首と両肩、腰に股関節、そして両肘両膝、手首足首、合わせて十四の関節。どこにでもあるような、古びたデッサン人形だった。

「なァ、この〈人形〉は？」

しかし、その言葉を聞いたルーチョがスッと表情を消した。

「いや、それはなんでもない」

落ちくぼんだ目で、ルーチョが露伴を見つめていた。

「なんでもない？　本当に？」

「ああ、それは……なんでもない。本当に『曰く』なんて……、何もない。ただの人形だよ。拾ったんだ」

「おいおい、嘘だろォ？　これだけ色んな品物があって、コイツだけ――」

「ないって、言ってるだろッ！」

突如として叫び声を上げ、ルーチョが露伴に突っかかってくる。手を伸ばし、襟首を摑もうとしていた。

しかし、ルーチョの手が露伴の顔に届くことはなかった。彼は体勢を崩し、その場でがっくりと膝を落とす。

その顔に本の如くページが現れ、パラパラとめくられていく。

「〈ヘブンズ・ドアー〉。やれやれ、物騒だな」

露伴のスタンド能力。

自身が描いた漫画――空中に描くことでも発動可能――を相手に見せることで、その者の精神を本に変え、辿ってきた経歴や体験、内なる感情を読むことができる。加えて、ページに〈命令〉を書き込めば、その内容に従わせることすら可能。精神の奥に記《しる》された言葉は暗示の如く作用し、本人の意思では逆らうことができなくなる。

「さて、せっかくだから確認しておこう」

ブルーシートに並ぶ品物を避《よ》けながら、露伴がルーチョのそばへと近寄る。その顔に触れ、頬のページをめくっていく。内容はイタリア語で記述されているが、スタンド発動中の露伴ならば問題なく読める。

「ルーチョ・ポルテッリ。三十九歳、独身……。なになに、〈金槌《マルテッロ》のルーチョ〉とは俺のこと、だとさ」

露伴がさらにルーチョのページをめくる。すると、つい最近の出来事についての記述なのか、日付と共にルーチョ本人の感情がむき出しになった文章が現れた。

『一週間前だ！　この日は最高ォ〜。なんたって金持ちの別荘だ！　いつもみたいに金槌《かなづち》で窓を割ってやるッ！　高そうなモンは全部もらって売ってやるぜ！』

露伴がページをめくりながら、ふむ、と息を吐く。

「いわゆる別荘荒らしか。ようやく〈泥棒市〉らしくなってきた。ま、僕が警察に突き出す義理もないがな」

そのまま次のページを開いたところで、例の〈人形〉についての記述があった。

『この〈人形〉も持っていこう。ベッドサイドに放置されてたヤツだが、どういうわけか俺のバッグの中に落ちてきた。一緒に持ってってってくれ、って感じ。別に高そうなモンでもないが、なんだか気に入った』

見たかった情報だが、本当に『曰く』はないらしい。

もちろんルーチョが気づいていないだけで、この〈人形〉に隠し財産の暗号が書かれているとか、さる芸術家が使っていたとか、そういった『曰く』はあるのかもしれないが。

「せっかく〈泥棒市〉に来たんだから、何かそれらしいモノを買うつもりだった。他はクズばかりだが、いいじゃあないか、興味がある……」

露伴がページを閉じると、ルーチョがハッと目を開ける。

「ああ……、で、えーと」

目覚めたルーチョは直前までの記憶がないようだった。これも露伴が、〈ヘブンズ・ドアー〉で『大人しく岸辺露伴に〈人形〉を売る』という〈命令〉を書き込んだためだ。

「この〈人形〉を買いたいんだが、いくら?」

既に露伴は〈人形〉を買う気でいた。あらゆる商品に『曰く』を作る泥棒が、何一つ『曰く』を付けなかった、という付加価値がある。

「ああ、いいのかい？　なんも面白くないぜ。ま、3ユーロってトコ」

「値段交渉の代わりに訊くが、本当に何の『曰く』もないんだな?」

「ああ、本当になんでもないぜ」

それを聞いた露伴が満足げに笑った。

「買った！」

これ以上の掘り出し物もないだろう。そう考え、露伴は気前よく三枚の２ユーロ硬貨をルーチョへ手渡した。

「へヘッ、まいどあり～」

こうして〈曰くのない人形〉は露伴の手に渡った。


それから一週間が経った。

日本に帰国した露伴は、杜王町《もりおうちょう》にある自宅兼仕事場に例の〈人形〉を飾っていた。

かといって、露伴が人物のポージングに迷って人形をいじるようなことはない。頭で思い描いた動きは、大胆かつ正確に原稿に落とし込めるからだ。こうして〈人形〉は単なる置物になっているが、漫画家という職業柄、デッサン人形が机にあっても邪魔にならない。ウニの殻よりは、よっぽど。

その日も、露伴は〈人形〉を視界の隅に置きながら原稿を作成していた。

この夏の間、執筆作業を中断していたこともあり、心機一転といった具合だ。とはいえペンが止まるようなこともなく、午前のうちにあらかたの作業は終えられた。

だから、昼食がてらの休憩時間もしっかりと取る。

露伴は冷蔵庫の食材で簡単にオープンサンドを作り、コーヒーも淹《い》れて、それらをリビングまで持っていく。テレビを点《つ》け、チャンネルをニュース番組に合わせる。

「む、この味はなかなか……」

イタリア土産《みやげ》のチーズをつまみつつ、露伴はニュース番組を流し見している。世間の動きを仕入れるためだが、あまり印象に残るような内容ではない。

だが、次に聞こえてきたアナウンサーの声に露伴は顔を上げた。

『昨日、イタリアで市街地にトラックが突っ込むという、大きな事故がありました』

テレビに映っていたのは現地で撮られた映像だった。

まず人々のわめき声と悲鳴が聞こえる。カメラは正面を向き、事故現場が映し出された。

狭い路地に大型トラックが突っ込んだのか、周囲の家屋が崩れ、壁に車体がめり込んでいる。被害が大きく見えるのは、周囲に散乱する物の多さだった。割れた無数の陶器、大量の衣服、バラバラになった家具、それとヒトデ。

『事故があったのは現地で〈泥棒市〉と呼ばれる区画で、当時、多くの人々が密集していました』

これは、と露伴が顔をしかめる。

テレビに自分の見知った場所が映っている。つい一週間前に自身が訪れた地だ。多くの露天商が頭を抱え、その惨状を遠巻きに眺めていた。

画面がインタビュー映像に変わる。現地の人間が興奮した様子で受け答えしていた。

『暴走トラックだ、真っ昼間に！　商品もメチャクチャだ。でも待ってくれ、これは奇跡なんだ。これだけの被害で死んだのは、一人だけ！　運転手すら無傷だ！』

テレビから流れてくる声に露伴は違和感を覚えた。

「今、アイツ、何か変なことを言ったぞ。事故で死者は出てるんだから、奇跡なんてことは……」

画面は再び事故現場を映し出す。

そこは露伴が〈人形〉を買った、あのルーチョが店を構えていた路地裏だった。

「いや、そういうことか。あんな狭い路地にトラックが突っ込んだのに、誰も巻き込まれてない、って、そう言いたいのか。だが、待てよ……」

最も被害の大きな場所が映る。レンガが崩れ、巨大なトラックの車輪の下でごわごわしたブルーシートがめくれている。通り魔のナイフが、自殺した女の服が、毒入りシチューを作った鍋が無惨に散らばっている。

そして、車体と壁に挟まれた何かがダラリと垂れる。

人間の腕だ。そこからドス黒い血が滴《したた》り落ち、ブルーシートに溜まっていく。

「死んだ。一人は死んだんだ」

予感めいたものが露伴の脳裏をよぎる。

『この事故による、日本人の被害は確認されておりません』

アナウンサーの言葉を区切りとして、番組は次のニュースに切り替わった。

いくら絵面《えづら》がショッキングだろうと、遠く離れた国の事故を何度も伝えることはない。ましてや『不幸な一人』以外は、誰も死んでいないようなものは――。

露伴は食べかけのオープンサンドを皿に置き、PCがある仕事場へと向かった。インターネットで事故のことを調べるつもりだった。

(僕は別に、旅先で訪れた場所が事故の現場になったことを悲しんでるわけじゃあない……。まして、特定の誰かを心配してるなんてことはない)

PCを操作し、露伴がネット上で情報を集めていく。現地イタリアのニュースサイトに飛ぶと、大々的に事故の様子が取り上げられていた。

(気になるんだ、気がかりと言ってもいい……。これだけの事故が起きて――)

ニュースサイトには、ただ一人の犠牲者となった人物が写真つきで報じられていた。

額に蛇の入れ墨がある男。ルーチョ・ポルテッツリ、その顔。

「やっぱりそうだ！　ルーチョ、死んだのは〈金槌のルーチョ《マルテッロ》〉ッ！　あれだけの事故で一人だけ死んだ男ッ！」

思わずのけぞった露伴の視界に、例の〈人形〉があった。

それは何も言わず、ただジットリとした湿気のような雰囲気を帯びて佇んでいる。特にポーズもつけていない、ただ立っているだけの姿。

「単なる〈偶然〉だと……、普通に考えてもだが、そう思える程度だ。何人も犠牲者が出そうな大事故で、たった一人だけ死んだヤツがいる。ただの〈偶然〉だと……」

露伴が〈人形〉に手を伸ばす。

「だが頭のどこかで考えてる……。その〈偶然〉の出どころは、この〈人形〉なんじゃあないか、って」

伸ばされた手が〈人形〉に触れそうになる。

その時、不意にチャイムが鳴った。


何度もチャイムが鳴らされている。

当然のように露伴は居留守を使うが、訪問者が諦めることはなく、次は玄関ドアが叩かれ始めた。

（一体誰だ、こんな時に……。編集者じゃあない。急ぎの原稿はないからな……）

　訪問者は一向に帰る気配を見せない。知り合いなら事前に連絡をよこすか、呼びかければいいだけだ。だから訪問者は露伴の知らない人物だろう。

　ドアを叩く音が大きくなっていく。まるで吹雪の日に助けを求めるような、言葉にならない必死さを感じる。

（いい加減にしろよな。もう少し続くようなら警察を呼ぶか）

　そう思った露伴は、訪問者の正体を探るつもりで玄関へと忍び足で向かった。

　露伴は息を殺し、なおも叩かれるドアに身を寄せる。

「ロハンさァん、キシベ・ロハンさァん」

　外国なまりのある男の声だった。痰《たん》のからんだ嗄《しやが》れ声《ごえ》だから、いくらか老齢だろう。

「知ってるんですよォ、出てきてくださァい」

　その言葉はイタリア語で話されていた。思わず露伴が顔をしかめる。

　まさか旅行先で出会った人物が訪れたのか、それとも忘れ物を届けに来た親切な人間か。様々な理由が思い当たるが、このタイミングでイタリアから来た者がいるとすれば――。

「ロハンさん、〈人形〉持ってますよねェ。ロハンさァん……」

　次にチャイムが響いた瞬間、露伴はドアを開いた。

　玄関先にいたのはスーツ姿の小柄な老紳士だった。先ほどの荒々しい行動とは打って変わって、彼は満面の笑みを浮かべ、露伴に握手を求めようとしてくる。対する露伴は空中に手を振りかざし、有無を言わさず〈ヘブンズ・ドアー〉を発動させた。

　老紳士の顔が本となって後ろへと倒れた。

「人が見たら、ビビってるだとか、警戒しすぎって思われるかもな。でも用心はする、しっかりと……」

　露伴はゆったりと老紳士へ近づく。

　老紳士の服装はしっかりとしており、縞のスーツも革靴も上等なブランド物だった。彫りの深い顔は柔和《にゅうわ》で、豊かな白髪もきっちりと揃えられている。苦労のない身分のようだった。

「バジリオ・ピスタリーノ、六十七歳。ローマ在住……。大手飲料メーカーの元最高執行責任者《COO》……」

　露伴が老紳士——ピスタリーノの頬に手を当て、その経歴が記されたページをめくっていく。

「コイツは、スタンド使いじゃあない……。だが、あの〈人形〉を追ってイタリアから来た」

　やがて目当てのページに行き当たり、露伴はその内容を注意深く読んでいく。

『最悪だッ！　別荘荒らしのせいで！　金目のモノなら買い直せばいい、だが〈人形〉はダメなんだ……。警察にも頼れない……』

イタリア語で荒々しく記された記憶。ピスタリーノが〈人形〉に強く執着している様子が読み取れた。

『私はマフィアを使って調べさせた。どうやら〈泥棒市〉のルーチョが〈人形〉を日本人に売ったらしい……。さらにタクシーの運転手やホテルの従業員の情報から、そいつが漫画家のキシベ・ロハンだとわかった。なんとかして取り戻さなくては……』

露伴がページをめくろうとする。その時、不意に閃《ひらめ》くものがあった。

「なるほどな、コイツはルーチョの被害者なのか。それで盗まれた〈人形〉を追って、わざわざ遠く離れた日本までやってきた……。その行動力、何がそうさせるのか、気になってきた……」

ペンを胸ポケットから取り出すと、露伴はピスタリーノのページに『岸辺露伴の質問に嘘をつかず対応する』と書き加えた。

「このまま読み進めてもいいが、あえて本人の口から聞いてみたい。あの〈人形〉につきまとう『曰く』というものを」

パタン、と本が閉じられた。

露伴が背を向けたところで、ピスタリーノが目を覚ました。

「ようこそ、ピスタリーノ氏。僕が岸辺露伴だ」

「あ、ああ……、自己紹介したかな？」

本にされていた間の記憶はない。ピスタリーノは玄関先に突っ立っている自分を意識したのか、慌てて取《と》り繕《つくろ》い、再び手を差し出してくる。

今度は、露伴もその手を握り返した。


露伴はピスタリーノを自宅に招くことにした。

廊下を通り、露伴自らが客人を案内していく。仕事場まで入らせることにいささか躊躇《ちゅうちょ》したが、肝心の〈人形〉があった方が話しやすい。全ては彼から『曰く』を訊き出すためだった。

「ロハンさん、私は――」

二階の仕事場に入ったところで、露伴は後方のソファをピスタリーノに勧めた。そのまま自身は仕事机に備えた椅子に腰かける。

「余計な前置きは結構。アンタは〈人形〉の持ち主だった。それを取り戻すために日本まで来た。それも一人で。――ところでコーヒーでも？　あまり長居はしたくないだろうが」

「いえ、こちらも結構。仰《おっしゃ》る通り、なるべく早く済ませたいのです」

ピスタリーノの意を汲み、露伴は机に置きっぱなしの〈人形〉を手に取った。

「コレ、そんなに大事なものなのか……」

これ見よがしに露伴が〈人形〉を振ってみせると、ピスタリーノが目の色を変えた。

「ああ、〈人形〉だッ！」

「おっと！」

小柄なピスタリーノが猛獣の如くソファから飛びかかる。露伴の手にある〈人形〉を奪い取ろうとしたが、それは呆気《あっけ》なく防がれた。

「待ってくれ、ピスタリーノ氏。これは僕が対価を払って手に入れたものだ。今の〈所有権〉は僕にある」

「そ、そうとも、君に〈所有権〉がある……。だが、それを私に譲って欲しいのだ。金ならいくらでも払う」

「実に金持ちらしいセリフだ。聞き飽きるほどにね」

目の前の老紳士に奪われまいと、露伴が〈人形〉を高く掲げた。

「別に〈人形〉は譲ってもいい。でもなァ、その代わりに聞きたいことがあるんだ。少しいいかい？」

ピスタリーノは荒く息を吐き、威嚇《いかく》するように下から露伴を見上げている。あまりに必死な表情。まるで中毒者《ジャンキー》がヤクを求めるような、あるいは砂漠で一滴の水を欲するような。

だからこそ露伴は、その渇望の理由を知りたいと思った。

「あくまで想像なんだが、この〈人形〉には僕の知らない『曰く』があるんじゃあないか？　でなけりゃ、ここまで〈人形〉に執着するってのは、ちと異常だぜ」

その質問を受け、ピスタリーノは姿勢を正して前を向いた。先ほど、〈ヘブンズ・ドアー〉で書き込んだ効果が現れたようだった。

「いや、何もない。『曰く』なんて、何も」

「はぁ？」

返ってきた答えは、以前に〈泥棒市〉でルーチョから聞いたものと同じだった。しかし、今回に限って〈嘘〉はあり得ない。少なくとも、ピスタリーノは『曰く』がないことを〈真実〉だと思っている。

もちろん、それに納得できる露伴ではない。

「僕の訊き方が悪かったか？　つまり『曰く』ってのは、実は有名作家の作品でしたとか、中に宝石が入ってるとか、そういう直接的なものでなくてもいいんだ。持ってると金が舞い込む気がするとか、セクシーな美女にモテまくるとか、逆に〈不運〉になるとか……。そういう感覚的なものでも、何か『曰く』はないか、って訊いてるんだ」

懇切丁寧に説明する露伴だが、対するピスタリーノは首を横に振るだけだった。

「ないんだ、本当に……。『曰く』なんて。私は〈人形〉を手に入れたから金持ちになったんじゃあない。もとから仕事は順調で、地位と名誉を手に入れた後に〈人形〉を手に入れた。むしろ、浮き沈みなんてまったくなかった」

ピスタリーノが痛みに堪《た》えるように顔を歪ませる。

「これはなぜなのかわからない。〈所有権〉のある君には、多分わからないし、本当は私もわかっていないかもしれない……」

やけに持って回った言い方だった。しかし、今にも泣きそうな老紳士の姿に、何か〈真実〉めいた、伝えたくても伝えられない感情が滲《にじ》んでいた。

「わかった。もう少し訊き方を変えよう。アンタは〈人形〉を取り戻さないと、何かマズいことになるのか?」

「わからない。それも……」

「じゃあ、もっと簡単な質問にしよう。アンタは〈人形〉をどうやって手に入れた? どこかで買ったのか?」

ああ、とピスタリーノが表情を明るくさせた。ようやく答えられるとばかりに、大げさな身振りで話し始める。

「買ってはいない。友人から譲ってもらったんだ。若い頃からの友人で、彼はフィレンツェの絵描きだった。だから、多分だが、彼は普通のデッサン人形として〈人形〉を購入したはずだ」

「ほう、その友人とやらに詳しい話は聞けないのかい？」

「聞けないんだ」

不意にピスタリーノは目を見開き、その場で膝をついて顔を覆った。

「彼は死んでしまった……。自らのアトリエで一人、絵筆を眼球に突き刺してッ！」

「オイオイ、待ってくれ。あるじゃあないか……、ちゃんとした『曰く』ってヤツが。この〈人形〉を持っていた人間が、その絵描きとルーチョ、もう二人も死んでいるんだぜ」

露伴は改めて、自らが手にする〈人形〉を観察した。

なめらかな木の質感。どこにでもあるようなデッサン人形。しかし、由来を知ると不気味に見えてくる。

「例えば、アメリカのスミソニアン博物館にあるらしいな、持ち主が次々と死ぬ〈呪われた宝石〉というのが……。この〈人形〉も、そういった『曰く』を持っているんじゃあないのか？」

「違うッ！　そういう『曰く』はないんだ……」

ピスタリーノの顔を覆う手に隙間が生まれる。その奥にある暗い目が露伴を見ていた。

「その〈人形〉をもらったのは四年前で……、私の友人が死んだのは一年前だ！　あらかじめ君の疑問に答えるが、彼は〈人形〉を手放したからって生活が変わったりもしていない。死んだのも事故だ。転んだ拍子に、筆立てへ顔面から突っ込んだらしい……」

ボソボソとピスタリーノが〈人形〉の経歴を語ってくる。その間も、露伴は〈人形〉をまじまじと見ていた。

この時、露伴は油断していたのかもしれない。社会的地位のある老紳士が、まさか暴力に訴えてくることはないだろう、と。

だから、一瞬ではあったが、背を向けてしまった。何気なく〈人形〉を窓から漏れる光にかざしていた。

「ま、そうなんだろうさ。持ち主が次々と死ぬ、呪われた〈人形〉だとして、それを取り戻したいっていうのも奇妙な話だ。理由があるとしたら――」

露伴が振り返ると、老紳士が小さな体を折り曲げていた。

クラウチングスタートの要領で足に力を入れると、まるでロケットが飛び出すように、ピスタリーノが一直線に露伴へと突っ込んでくる。

「ハッ⁉」

小さな砲弾となったピスタリーノが露伴の体を押し倒す。二人まとめて仕事机に衝突し、筆記具が周囲に散らばった。

「ウウウッ！〈人形〉をよこせッ！」

この老体のどこに力が秘められているのか、ピスタリーノは露伴の襟元を両手で掴み、全身の体重を乗せてくる。

「まだ三年以上あるが、これが〈残り時間〉なんだッ！　毎日見せられて、耐えられない！　早くしろ！」

意味不明な言葉を吐きながら、ピスタリーノは鬼の形相で露伴を絞め上げてくる。利き手で〈人形〉を持っているから、咄嗟に〈ヘブンズ・ドアー〉で反撃することもできない。

倒れたまま露伴は思考する。喉元を絞められているから、満足に声も出せない。自由な足で蹴り上げれば解放できるだろうが――。

（荒っぽいやり方は好みじゃないが……）

やむを得ない判断だった。露伴は左足を床につけたまま、右膝でピスタリーノの下腹部を打った。

「グゲッ！」

くぐもった呻《うめ》き声《ごえ》。露伴の体からピスタリーノが離れ、作業机の上まで吹っ飛んでいく。

だがピスタリーノの執念――、恥も外聞もない生命への執着心が、この一時《いっとき》、冷静な露伴の思考を上回った。

「取った！　〈人形〉だッ！」

あっ、と露伴が自身の手を見る。それまで握っていたはずの〈人形〉は失われている。

足に意識をやった瞬間に奪われたのだ。

仕事机の上で咆哮《ほうこう》するピスタリーノ。その手が高く掲げられ、戦利品たる〈人形〉を示した。

「キャホホッ！　これで〈所有権〉が移ったァッ！」

露伴は持ち直し、即座に〈ヘブンズ・ドアー〉を再発動させようと手を伸ばす。

しかし、ピスタリーノはサルのような動きで跳躍すると、壁際の本棚に指をかけて弾みをつけ、露伴の頭上を越えていく。それを目で追うように振り返るが、老紳士は早々に仕事場から逃げ出し、バタバタと廊下を駆けていった。

「別に〈人形〉は返すつもりだった。『曰く』さえ聞ければ良かった。だが、なんだ、あの異様な執着心は……？」

露伴は息を整えつつ、ピスタリーノの去っていった方を見た。

「まだ全てを聞けていない。きっと隠された『曰く』がある！」

その時、露伴の視界の端《はし》に奇妙なものが現れていた。

だが露伴は未だに気づいていない。ピスタリーノを追うために駆け出していたからだ。

——だから、視界後方から追ってくるデジタル時計のような物体は目に入らない。

カチッ、と音が響き、虚空に浮かぶ時計が変化した。33の表記が32に減少する。

残り時間は『6日と12時間32分』……。

ピスタリーノを追い、露伴は家を出ようとした。

いくらかリードを稼がれたが、相手は老人で、対する露伴は走りに自信がある。漫画家だからといって不摂生な生活はしていない。それに加えて、ピスタリーノの逃走経路は見通しの良い通りだった。よって容易に追いつける。

それは露伴が、自分を追ってくる奇妙なデジタル時計に気づかなければ、だが。

（なんだ……？）

玄関を出た瞬間、露伴はそれを目にした。

フヨフヨと浮かぶ奇妙な文字の群れ、デジタル表記の角ばった数字たち。最初は何かのオブジェかと思い、露伴も気にせずに、一歩、二歩と足を動かした。

だが、数字は視界から消えることなく、露伴の右後方を滑るようにして追ってきた。

（見間違いじゃあないッ！　なんだ、この数字は！）

露伴の思考が分離していく。

既に〈人形〉を持ち逃げしたピスタリーノは大通りの方へ出ている。もしタクシーでも拾われれば、さすがに追いつけない。

「待て、そんなことより……」

かといって、奇妙な数字の群れを無視していいものか。これまでの経験から、露伴はこうした異常事態への対処は学んでいる。何らかの〈ルール〉があるとしたら、下手に動くのはマズい。

(これは、なんだ……？　スタンド攻撃か、いや、わからない……。何かに反応して数字が変化するのか？　表示されているのは『6日と12時間30分』……)

ここで、カチッ、と再び音が響いた。

露伴は、自身を追う数字の『30分』という表記が『29分』になる瞬間を見た。

(カウントダウンだッ！　これは単純に『残り時間』を表示しているんだ。スタートしたのは〈人形〉を奪われた時から！)

ならば、と露伴は目標を一つに絞る。

通りに向かって駆け出し、逃走をたくらむピスタリーノを追う。未だに〈ルール〉はわからないが、再び〈人形〉を取り戻せば数字も消えるだろうと判断した。

「ハヒーーッ！　ヒィーーッ！」

手に〈人形〉を握りしめ、スーツ姿の老人が歩道を走っている。道には街路樹の落ち葉が溜まり、何度も足を取られそうになりながら、ただ真っすぐ駆けている。

後方から追いかける露伴が距離を詰める。もう少しでも近づければ、〈ヘブンズ・ドアー〉で足止めすることだってできる。だが――。

（マズいッ！　タクシーだッ！）

大通りの反対車線側、その向こうから一台のタクシーが走ってきていた。案の定、ピスタリーノは手を上げてタクシーを停車させようとしている。

（乗り込むまでに追いつけるか……？　タクシーのドアがしまる前までなら、なんとか――）

アッ、と露伴は駆けながらに思いついた。

「おーい、ピスタリーノ氏！」

後方から老紳士へと声をかける露伴。もちろん、聞こえてはいるだろうがピスタリーノの足が止まることはない。

「アンタは今、止まれるかァ？」

その質問を受けて、ピスタリーノはピタッと立ち止まった。

「ハイッ！」

直立不動となって、その場で足を止めるピスタリーノ。露伴の質問に『嘘をつかずに対応した』のだ。肉体的に立ち止まれる限り、彼は止まるしかない。一歩でも動けば、止まれない、というのが嘘になる。

「あ、あれッ⁉　私は何を……」

「ありがとう、ピスタリーノ氏」

　後方からゆっくりと露伴が近づき、立ち止まるピスタリーノの肩に手を置いた。ちょうどタクシーが二人の横を通り過ぎたところだった。

「僕はな……、ピスタリーノ氏、そんな〈人形〉は別に譲ってもいい、って言ったんだぜ。順番を守ってくれさえすれば、ちゃんと渡してやったさ。でも無理矢理に奪われて、どうぞ持ってってください、ってなるほどお人好しじゃあない……」

　露伴が硬直するピスタリーノの手を掴み、握られている〈人形〉を奪い返した。

　それと同時に、ずっと視界でチラついていたデジタル時計のようなものが見えなくなった。

「やっぱりそうか。スタンド攻撃じゃあないにしろ、この〈人形〉がトリガーだった。あの数字は……」

　露伴は取り戻した〈人形〉に視線をやる。

　その瞬間、無機質な〈人形〉の手足がカチャと動いた。

「ア、アアアァ〜ッ！」

　突如として悲鳴が起こった。露伴の目の前で、ピスタリーノが膝からくずおれ、悔しそうに地面を叩いている。

「そんなァ……、今、今ッ！　私の〈所有権〉が移ってしまったから……。そ、そういうこと、だっ、たっ、たッ！　嘘だ、短すぎるゥッ！」

拳《こぶし》を血まみれにしたピスタリーノが、今度は自らの頭を地面へと叩きつけ始めた。あまりのことに露伴は後ずさった。

「なァ、落ち着いてくれよ、ピスタリーノ氏。攻撃なんてしない。僕は訊きたいだけだ……。この〈人形〉の〈ルール〉についてだ。アンタは何か知ってるんじゃあないか、って――」

グルン、とピスタリーノが体を露伴の方へと向けた。

破れた額からは血が滴り、涙と鼻水と土埃《つちぼこり》で顔はボロボロとなっている。上等なスーツも汚れ、もはや見る影もない。

「ウッ、ウウウッ！　私が悪かったのかァ？　君を犠牲にするつもりでェ……、何も言わずに〈人形〉を取り戻そうとしたからァ……」

「おい、アンタ――」

「生き残るのは私だった……、日本人の漫画家がどうなろうと知ったことではなかった……」

ピスタリーノが露伴の足元にすがりつく。どうにか〈人形〉を取り戻そうと手を上げるが、当然、露伴も奪われまいと老紳士を突き飛ばす。

「これは『曰く』じゃあないからなァ……、私が突き止めた〈ルール〉なんだ……。〈人形〉は何も教えてくれない……」

髪を振り乱したピスタリーノが、露伴を追い払うように手を左右に振る。鬼気迫る表情に気圧《けお》され、露伴も何歩か後方に下がっていく。

「アアア……、こんなことになるなら、大人しく『残り時間』を過ごせば良かったんだ……、余計なことをした！　アア、嘘だッ、もうこんなに減ってるゥッ！」

不意に秋風が吹いた。歩道に木の葉が舞う。

メリ、と、どこかで不吉な音がした。

「もうダメだッ！　『4秒』、『3秒』……。『2秒』ッ！」

ピスタリーノの絶叫があった。

ついに『1』という数字が叫ばれた瞬間、歩道の近くでメキメキと、何か硬いものが裂ける音が響く。

折れた街路樹が傾いていく。根元が腐っていた。

「おいッ！」

露伴が手を伸ばす。しかし手遅れだった。

歩道側に倒れてきた街路樹は、吸い込まれるようにピスタリーノの小さな体へと向かっていった。

「ウッ！」

音が響き、地面が小さく揺れる。少し遅れてサワサワと木の葉が散る。

誰が見ても即死だった。圧死したのではなく、太い枝が人間の胸部を貫いていたからだ。ドクドクと、ポンプで汲み上げるように血が溢《あふ》れていく。

巨木に体を押し潰されたピスタリーノ。梢の隙間から、その虚《うつ》ろな顔を天へと向けている。

〈死んだ、死んだぞッ！　今、目の前で！　三人目、この〈人形〉を手にした人間が、もう三人もッ！　これで『曰く』がないだとッ⁉〉

露伴の手の中で、カチャリと〈人形〉がポーズを変えた。


目の前でピスタリーノが死んだ。

通報によって現場には救急車が到着し、老紳士の死体は迅速に運ばれていった。さらに後から来た警察官へ、露伴は事故の様子を丁寧に説明し、善意の第三者としての役目は全て果たした。

ただし、ピスタリーノは「イタリアから自分を訪ねて来たファン」だと告げた。そんな彼を送る帰り道で事故に遭った、と。もちろん、警察官たちが事故を怪しむことはない。

腐った街路樹が倒れてきたのだ。露伴がどうこうできるはずがない。

そう、人間の仕業《しわざ》でないのなら――。

数時間後、ようやく解放された露伴は、その手に〈人形〉を持ったまま自宅へ戻ってきた。

外は夕暮れ。いつもなら細々《こまごま》とした家事を終わらせ、夕食の準備を始めるような時間だ。次の原稿のネーム作業もあるし、今日中に読んでおきたい本もあった。

だが、いずれも放棄して一直線に仕事場へ向かった。

「これでも『曰く』がないだと……？」

ピスタリーノのせいで散らかった仕事机に、叩きつけるような勢いで〈人形〉が置かれた。

「最初はフィレンツェの絵描き、次が〈泥棒市〉のルーチョ、そしてピスタリーノ……。知らないだけで、他にも死んだ人間がいるかもしれない。――だがッ！」

露伴は机の引き出しから様々な道具を取り出す。ドライバーにペンチ、カッターナイフ、定規、巻き尺、虫眼鏡……。どれも〈人形〉を詳しく調べるために使うものだ。

「コイツ自体には、まったく『曰く』がないッ！」

窓に面しているからか、トレース台に置かれた〈人形〉は夕日に赤く染まっている。もしくはピスタリーノの返り血に染まってか。

「持ち主が死ぬ〈呪いの宝石〉ならわかる……。だが、この〈人形〉は持ち主でなくなった者が死ぬ。何らかの法則はあるはずだが、それに気づいた時には〈人形〉は手元にない。だから、無関係だと言い張れる。この〈人形〉には『曰く』などないと！　まるで殺人事件の〈容疑者〉にならないようにッ！　これだけ明らかになっても、コイツは単なる〈偶然〉だと言い張っている！」

　露伴は備え付けのＰＣに視線をやる。

インターネットで調べたとして、果たして〈人形〉の謂《いわ》れや、過去の持ち主を特定できるだろうか？

　答えはノーだ。

　人から人へ〈人形〉の持ち主が変わったところで、そこに『曰く』は付随しない。『曰く』がないモノを人は語らず、だから〈噂〉や〈都市伝説〉にならない。あるいは大量の死亡記事を眺めたところで、誰が〈人形〉を持っていたかなど特定できない。

「どこにも情報などない……。もしピスタリーノが〈人形〉を取り戻しに来ず、どこか知らない場所で死んでいたら、僕も隠された『曰く』に気づけなかっただろう。そして、何らかの理由で〈人形〉を手放していたら、僕自身も死んでいた。その死にまつわる『曰く』を誰にも知られずに、だ！」

露伴は巻き尺から目盛りテープを引き出し、トレース台に据え置かれた〈人形〉に近づける。

「この〈人形〉には隠された『曰く』がある。それを調べ尽くさなくてはいけない」

巻き尺と定規を使い、露伴は〈人形〉の部位ごとにサイズを測り、それらを細かくスケッチしていく。さらに虫眼鏡に持ち替え、どこかに由来となるような、製作者や会社の名前でもないかと、丁寧に確認していく。

「スタンドではないにしろ、それとよく似たパワーを感じる……。優れた芸術家や、強い怨念を持った人間が、この〈人形〉を製作したか、最初の〈所有者〉だったのかもしれない……。そうした人間の強い精神のエネルギーが〈人形〉に宿った、と考えられる」

露伴は一人、誰に向けるでもなく笑った。

「考えられる、だ。これじゃあ『曰く』にならない。だが着眼点は悪くないな。一種のスタンドだと思えば……」

外でカラスたちが騒々しく鳴いていた。これから起こる不吉な未来を象徴していた。

「それこそ本にして読めば楽なんだが、僕の〈ヘブンズ・ドアー〉は非生物には効果はないからな」

いや、と露伴は考えを改める。

「今はまだ、だ。スタンドは成長する。もし〈人形〉に何らかの精神エネルギーがあるなら、本にできる可能性はある。試してみるか?」

そこで露伴は〈人形〉を片手に持ち、もう一方の手を突きつける。その中身を読み取り、隠された『曰く』を知ろうとした。

不意に、手元で〈人形〉が動いた。そんな気がした。

咄嗟に露伴は身構える。

窓の向こう、遠く空から飛来してくる影があったからだ。

ガシャァン、と派手な音を立てて窓ガラスが割れた。飛び散った破片が露伴の体に向かっていく。

顔を手でかばう。鋭いガラス片が露伴の腕を傷つけていく。

「うおおおッ!?」

窓に黒い羽根と血液が付着していた。夕空を飛ぶカラスが、その瞬間、方向感覚を失って窓に衝突したのだ。

「こんな時に、なぜ――」

切れた腕から血を流しながら、露伴は窓から距離を取るために後ずさる。

その時、置いてあった椅子に露伴の足が触れる。膝裏に手すりが当たり、思わず体勢を崩す。体重を支えるつもりで椅子を摑んだ。

ガギッ、と鈍い音を立てて椅子の足が折れた。

「ウグッ！」

露伴が椅子と共に床に転がり、したたかに体を打つ。

その拍子に、露伴が握っていた〈人形〉は高く放り投げられた。

（なんだ、何かがおかしい……）

全身の痛みが襲うなか、露伴は上半身を起こして〈人形〉の行方を追った。見れば仕事机の下あたりに転がっている。

手を伸ばせば拾えるはずだった。

この時、三つの〈偶然〉が連続して起こっていた。

まず仕事机の上から巻き尺のテープだけが垂れていた。ちょうど床につくほどの長さだった。また机の上では、転がった定規が虫眼鏡の柄を支点としてシーソーの形を作っていた。最後に突風が吹き込み、壊れた窓枠が内側へと開いた。

そして、風で転がった〈人形〉が巻き尺のテープに触れた。

「なッ⁉」

窓枠にぶつかったデスクライトが倒れ、巻き尺の側面にある巻取りボタンを押さえた。伸びていたテープが〈人形〉の腰関節の隙間に入り込む。シュルシュルとテープが巻き取られ、からまった〈人形〉も上っていく。

やがて慣性によって〈人形〉は上空へ放り出され、角度のついた定規へ落ちる。そして外れた窓枠の一部が、その定規の端へと落下する。

テコの原理によって〈人形〉が空中へと飛び上がり、そのまま窓の外へと落下していく。

「な、なにィ――ッ⁉」

ようやく露伴は立ち上がり、仕事机の方へと駆け寄る。

身を乗り出して窓の外を確認するが、地面には〈人形〉の姿はなかった。左右を見回すと、ちょうど一羽のカラスが木に止まっているのが見えた。

「待て……、何か、イヤな予感がする。全てが〈偶然〉だが、あまりにも重なりすぎている。そして……、それが〈人形〉の〈意思〉によって引き起こされているとしたらッ！」

露伴の直感を裏づけるように、近くの木に止まっていたカラスが一度だけ鳴いた。

「僕が『曰く』を知ろうとしたから、ヤツは逃げようとしている！」

次にカラスは大きく羽を広げ、勢いよく木から飛び上がる。それは草むらに落ちていた〈人形〉を確実に捉え、滑空体勢のまま、足で掴んで飛び去った。

その瞬間、露伴の視界に現れるものがあった。

『0日と3時間45分』

奇妙なデジタル表記の数字。その意味を露伴は瞬時に悟った。

「つまり……、カウントダウンだ。この数字がゼロになった時、僕はルーチョやピスタリーノのように死ぬ。おそらく酷《ひど》い〈偶然〉に巻き込まれて……」

露伴は怒りを鎮《しず》めるように深く息を吐いた。

「ただの〈人形〉ごときが……、この僕を出し抜き、いくつもの〈偶然〉を乗りこなして、逃げ去ろうとし……、あまつさえ他の元持ち主と同じように始末しようとしている」

露伴は唇を噛み、ふつふつと湧く怒りに耐えようとする。だが、人間でもない相手に我慢する道理はない、と気づいた。

「それは〈舐《な》めてる〉ってヤツだッ！」

背後から迫る数字を振り切るように、露伴は全速力で駆け出した。


夕暮れの街を露伴が駆けている。

間もなく日も沈みきり、夜ともなれば一羽のカラスを追いかけるのは不可能となるだろう。さらに言えば、カラスが自らの巣に〈人形〉を持ち帰れば、探すのはより困難となる。

（そして……）

露伴がチラと背後を見る。

すると視界の端に、今もデジタル表記の数字が浮かんでいた。その表記は『0日と3時間42分』に変わっている。

（だんだんとわかってきたぞ、数字の〈ルール〉が……）

露伴の頬を汗が伝う。疲れだけでなく、焦《あせ》りによるものだった。

（最初に見た時は『6日』だったのが、今は『3時間40分』になっている。そうだ、この時間には覚えがある。ルーチョから〈人形〉を買ったのが約一週間前で、ピスタリーノから再び取り戻したのが約四時間前——）

露伴は走りながら、今度は空を見上げた。

（これが〈ルール〉ッ！　つまり〈所有時間〉＝〈タイムリミット〉だ！）

思考しながらカラスの行方を追う。最後に見た時、カラスは西へ向かって飛んでいった。

（今までの〈人形〉の持ち主は全て、その〈所有権〉が移ってから〈所有時間〉の分だけ生き延びられた！　ルーチョは二週間前に〈人形〉を盗んだ。僕がそれを買ったのが一週間前で、ヤツが死んだのは昨日。つまり〈人形〉の所有時間は一週間、だから寿命も一週間だった！）

露伴はピスタリーノのことを思い出す。

あの老紳士は〈人形〉を長く持っていたから、何年分も残り時間があった。だが露伴から取り戻した際にカウントが新しく始まり、ほんの数分の寿命となってしまった。

ピスタリーノは〈ルール〉を理解していたのか。露伴を犠牲にして自分だけ生き残ろうとしていたようだったが。

（同情はする。僕だって必死になる……。なにせ最初は入手してから一週間分のカウントがあったはずだが、ピスタリーノのせいでリセットされ、残りはたった『0日と3時間40分』……）

突き刺すような西日が目に入る。この時、露伴は〈人形〉の生態のようなモノを考えていた。

（そして、そういうことなんだろう……。今の状況がそうだ。あの〈人形〉は、所有者が『曰く』に気づいたら、能動的に離れようとする。野生動物が人間の気配を感じ取って逃げるように……。だからピスタリーノ自身も、『曰く』がない、と言いはったんだ。狩人が獲物を前に気配を消すように……）

自宅近くの小道を抜け、露伴は車道と接する通りへと出た。つい『3時間45分』前に、ピスタリーノが命を落とした歩道だ。事故現場の木は撤去されたが、周囲には未だに規制線が張られている。

露伴は左右を確認し、規制線のない方面へと足を向ける。住宅街だが人通りはなく、ただ街路樹の上に二羽のカラスが止まっていた。いずれも〈人形〉を持ち去ったヤツではない。

それらは露伴を見据え、一斉に羽を広げた。

「これも〈偶然〉ってヤツか……？　たまたま近づいた街路樹がカラスの巣で、雛を守るために通行人を襲ってくる……」

ギャアと煩《わずら》わしい声を上げ、二羽のカラスが一直線に露伴へ突っ込んでくる。クチバシと足で肉をえぐろうと攻撃をしかけてきた。

「クソッ！」

露伴は腕を振ってカラスの襲撃を防ごうとする。

〈わかってきたぞ……、あの〈人形〉の能力ッ！　おそらくだが、持ち主の〈偶然〉を吸収するんだ。ピスタリーノはなんて言った？　〈人形〉を手に入れてから全く浮き沈みがないいいいなかった、だ！〉

目をつかれないよう顔面を守りつつ、露伴は〈人形〉について推理する。

それは持ち主に起こるはずだった〈偶然〉を集める。美味《うま》い餌を食べるように。そして〈偶然〉を充分に食べ終わった時、もしくは持ち主が『曰く』に気づきそうになった時、あの〈人形〉は蓄えてきた〈偶然〉を使って遠くへと移動する、そういう習性――。

これこそ『曰くのない人形』の、たった一つの『曰く』だ。

「今は足止めされている……。あの〈人形〉が遠くへ行くまでの時間稼ぎだ。だから、ここにいるのは命の危機なんていう〈偶然〉ではない……。それはカウントダウンが終わった時に訪れる」

露伴は覚悟を決め、自身を襲ってくるカラスたちに視線をやった。黒い羽根が散る中、鋭い爪を何度も体に食い込ませてくる。

「ピスタリーノと違うところがあるとすれば……、僕には〈ヘブンズ・ドアー〉があるってことだ。だから、立ち向かう!」

二羽のカラスが飛翔し、再び露伴に向かってくる。その瞬間、露伴も手を出して〈ヘブンズ・ドアー〉を発動させた。カラスたちの翼が本のページとなって大きく開かれた。

「カラスで良かった。カラスなら簡単な〈命令〉も理解できる……」

露伴は身をかがめ、地面に落ちた二羽のカラスに触れる。そのまま胸ポケットからペンを取り出すと、その大きく開かれたページに文字を書き込んでいく。

「だから書き込んだぞ、『〈人形〉を持ったカラスを追いかける』だッ!」

本のページが閉じられる。それと共に二羽のカラスが飛び上がり、騒がしい鳴き声を上げた。露伴も知り得ないところだが、カラス同士のコミュニケーションというものがあるのかもしれない。二羽は夕暮れの空を飛び、さらに西の方へと向かっていく。

その方向に〈人形〉があると確信し、露伴も進んでいく。

背後から追いかける数字は『0日と3時間34分』となっていた。

赤く染まった空でカラスが争っていた。

空を見上げながら住宅街を走る露伴は、まず鳴き声に気づいて、その方向に視線をやった。

三羽のカラスが飛《と》び交《か》っていた。電柱と家の屋根、公園に植えられた高い木を移動しながら、二羽のカラスが別の一羽を執拗に追いかけていた。

しかし、その一羽は既に〈人形〉を放しているようだった。

（あのカラスがそうなのか？　だが〈人形〉は持っていない、落としたんだとしたら……）

露伴は住宅街を走っていく。複雑な路地を通りながら、決して見落とさないように左右を確認していく。人々の家、続く塀、駐車スペースの車とボンネットの上にいる猫。

（どこかの敷地内に落ちていたら厄介だが……）

その時、バシィ、と何かが弾ける音が響いた。

露伴が上を向くと、遠くで黒いモノが落下していくのが見えた。空を飛ぶカラスが今は二羽。それらの近くにある電柱に黒い羽根が付着していた。

「稀《まれ》にだが……、電線に止まったカラスが感電死するらしいな。足で止まっているだけなら通電しないが、クチバシなんかが別の電線に触れると一気に通電する――」

額に汗を流しつつ、露伴はカラスが落ちた場所を目指す。

「そして〈人形〉の持ち主だったカラスが死んだ！　既にカウントダウンが始まっていた、つまり〈人形〉の〈所有権〉を失ってから時間が経っている！　何分だ？　おそらく一分から三分ほどだから、この近くで〈人形〉を落としたはずだ！」

走っているうちに、露伴は住宅街の中にある小さな公園に出た。

いつもなら子供たちが夕方まで遊んでいる場所だった。近くを通りかかるたび、キィキィと騒ぐ声が聞こえていたはずだ。それが今、ひっそりと静けさに包まれている。

「あぁッ？」

と、露伴が思わず驚きの声を出した。

公園には誰もいない。音からそう判断した。だが、事実は異なる。大した遊具もない公園の中央に、ポツンと一人だけ、十歳ほどの少年が佇んでいた。頬に擦《す》り傷《きず》をこさえた、理由もなく一人で公園を駆け回っているような、活発そうな子供だった。

声に気づいた少年が、ゆったりとした調子で顔を向ける。

少年の手に握られているものがあった。十四の関節を持つ、木製の古びたデッサン人形。どこにでもあるようで、どこにもない唯一の品。

「き、君は……」

「え？」

少年が驚いたように目を見開く。

露伴の背を汗が伝う。首と胸元にドッと汗が溢れ、手足も冷えていく。これまで全てを振り切るように走ってきたが、ついに疲労と焦り、そしてカウントダウンの数字に追い詰められたのだ。

残り時間は『0日と3時間20分』……。

「――君は、その〈人形〉を拾ったんだなッ！」

少年は自分の手にあるモノを見てから、再び露伴へと視線をやった。そしてニッコリと笑った。

「うん、ここで拾った。で、岸辺露伴先生でしょ？」

名前を呼ばれた露伴の顔が歪む。最悪の想像をしてしまったし、それが間違いでないことも、すぐにわかった。

「俺さ、ジャンプ読んでんの！　露伴先生の写真も見たことあるし、近くに住んでるってのも知ってた。でもスッゲェ、初めて見た！」

少年は嬉しそうに露伴の方へと駆け寄ってくる。

「今は載ってないけど、ずっと〈ピンクダークの少年〉も読んでる！　友達は絵が怖いって言うけどさ、俺は大好き！」

「そうなのか、それは……よかった」

無邪気に語りかけてくる少年に握られながら、あの〈人形〉がにわかに動いた。カチャりと両腕を伸ばし、まるで勝ち誇るかのように、露伴へ自らのポーズを見せつけていた。

「ところで、その〈人形〉なんだが――」

「あッ、わかってるって！　これデッサン人形っていうんだよね、漫画家の人が使ってるヤツ！　だから、もしかして露伴先生の落とし物？」

少年は「そうするのが当然」といった調子で、手にした〈人形〉を露伴に差し出してくる。

その意味を露伴は理解している。

（この少年は……今の〈人形〉の持ち主だ。ここで僕が受け取れば、〈所有権〉が少年から僕に移る……。代わりに、少年にカウントダウンを押しつけられる……）

ぐっ、と露伴が頭に手をやる。

（この少年が拾って『何秒』だ？　それを過ぎたら、彼は〈偶然〉に巻き込まれて命を落とすのか？　ルーチョやピスタリーノのようにッ！）

震える手で、露伴は少年の持つ〈人形〉に触れようとする。

「露伴先生？」

ふと西日が差し込み、少年の持つ〈人形〉を照らした。

細かな凹凸があらわになり、のっぺりとした頭部に陰影がつけられる。それは愚かな人間を嘲笑《あざわら》うかのような、悪辣《あくらつ》な顔をしていた。

『0日と3時間17分』

露伴の足元にデジタル時計じみた数字がまとわりつく。

（ふざけるなッ！　この僕がだぞ！　たかが〈人形〉ごときに決断を迫られている！）

自分の命と少年の命。それらを天秤《てんびん》にかけ、どちらかを選ぶよう仕向けられた。何も言わない〈人形〉だったが、そこに明確な〈悪意〉があった。

だからこそ、露伴の怒りも頂点に達した。人間が〈人形〉に試されていいはずがない、という怒りだ。

しかし、不意に露伴が表情を変えた。

「僕は……、子供はそんなに好きでもないし、自分が生き残るためなら、いくらだって足《あ》掻《が》いてみせる——だがッ！」

湧き上がる怒りを冷静に押さえ込み、覚悟を決めた顔つきで手を掲げた。少年が驚いた様子で顔を上げる。

「この岸辺露伴はッ！　自分の読者を犠牲にしてまで、生き残ろうとは思わない！　だから、これは賭けだぞ！」

露伴の指が——漫画家としての指が、少年の額に突きつけられた。

「〈ヘブンズ・ドアー——ッ〉！」

少年の顔が本となり、パラパラとページがめくられていく。

露伴はペンを取り出すと、有無を言わさない速さで、少年の顔に現れたページに文字を書きつけていく。最後の文字を記《しる》し終えると、露伴は丁寧に本を閉じる。

それと同時に少年は目を覚まし、クルリと露伴に背を向けた。

「どうなるかは、僕だって確証はない……」

少年は露伴などいなかったかのように歩き始め、何も言わずに公園の外へと出ようとしている。露伴もまた、その後ろを静かについていく。

少年の手に握られた〈人形〉が、カチャリ、カチャリ、とポーズを変えていく。何かに焦り、必死に逃げ出そうとしているように見えた。

「どこへ行くのか気になるのか？　〈人形〉のクセに……」

あの〈人形〉の〈意思〉と同期しているのか、露伴の視界にある数字たちも、壊れたデジタル時計の如く、でたらめな形を作っていた。

「当然の振る舞いだ。あの少年に書き込んだ〈命令〉は『拾ったものを警察に届けるだ！』」

露伴にとっては賭けだった。

遺失物の〈所有権〉はなくした本人にあり、同時に拾った者にも発生する。そして、もちろん遺失物を保管する警察などには〈所有権〉は発生しない。

「手渡しはダメだ。どちらかに〈所有権〉があるのはダメ。だが遺失物なら、落とした側と拾った側、両者が重ね合わさった状態で〈所有権〉が発生する！」

追い詰めるような露伴の言葉に対し、少年の手の中で〈人形〉が何度もポーズを変えていた。処刑台に連れて行かれるのを拒むような、必死の動きに見えた。

しかし、決して抜け出すことなどできない。

「焦ってる、ってことは賭けには勝ったと思っていいんだな？」

今の持ち主である少年は、何一つ『曰く』を知らない。よって突発的な〈偶然〉を引き起こし、その手から抜け出すことも不可能。

「落とし物は拾って届ける。外国の〈人形〉には理解できないかもしれないが、日本だと当然の〈ルール〉だぜ。そして、〈ルール〉によって存在しているお前は、こっちの〈ルール〉にも従わざるを得ない……」

公園を出ると住宅街の向こうに通りが見え、家路を急ぐ人々の姿も視界に入ってくる。その先に交番がある。少年の足なら、もう数分で到着するだろう。

「最後に言っておくが、この後のことも考えてる。僕は少年が〈人形〉を交番に届けた後、落とし主として堂々と名乗り出る」

露伴は少年の背を見送った。そして、彼の手にある〈人形〉の行く末を冷酷に告げる。

「落とし物の御礼も必要だ。〈ルール〉では、落としたものの一割程度を渡すらしい。ただ今回は金じゃあないからな。〈人形〉をバラバラにしたうえで、一部に僕のサインでも書いて渡すとしよう。これなら〈所有権〉は同時に発生するよな？」

敗北を認めるように、露伴の周囲を舞っていた数字の羅列が空気に散った。


それで、とテーブルの反対にいる男性が訊いてきた。

「露伴先生、その後はどうなるんです？」

昼下がりの午後、杜王町のカフェ――。テラス席にコーヒーをすする露伴と、自前のメモ帳を開いている若い男性がいる。彼は〈ピンクダークの少年〉の担当編集者であり、今は連載再開時の展開についての打ち合わせ中だった。

「どうって？」

「だから、今のエピソードの終わり方ですよォ。いい感じのアイデアですけど、どうやって解決するのかなァ、なんて」

「待った……。もしかしてだけどさァ、君、今までの話が〈ピンクダークの少年〉のエピソードだと思ってる？」

編集者がキョトンと目を見開く。そうですが、といった調子。

「君が訊いてきたんだぜ？　イ、イ、イ、イタリア取材の成果はどうでしたか、って。だから聞かせたんだ。面倒な土産を買ってしまった話を」

「面白いィ〜！」

ケラケラと笑いながら、編集者はメモ帳に新たに何かを書きつけている。この手の人間は厄介で、とにかく奇妙な出来事は全てフィクションだと信じているし、観客として外側からお気楽に消費する。

「あ、でもですよォ？　この間のピスタリーノ氏の事故まで話に入れちゃうと、洒落《しゃれ》にならないかもですねェ。この辺はカットか、別の事故にしましょ」

「ああ、そうだな……」

話が通じない。そう諦めた露伴は再びコーヒーに口をつける。

「で、その〈人形〉は最後どうなったんです？」

かたや諦めない編集者が重ねて聞いてくる。もはやフィクションだと割り切って、露伴はいかに始末をつけたかを思い出す。

「言ったように〈人形〉はバラバラにして、胴体には僕のサインを入れて少年にプレゼント。残った手足は一つにまとめて、頑丈な箱にしまってから自宅の庭に埋めた」

「おお〜」

「いわゆる〈タイムカプセル〉だ。捨てたわけじゃあないから、僕の〈所有権〉は未来永《えい》劫《ごう》」

コーヒーを飲みつつ露伴は考える。

危険性がないわけではないが、いくら〈偶然〉を使おうとも、手足だけで深い地中から脱出するのは難しいだろう。最も望ましいのは、あの〈人形〉自体が敗北を悟り、大人しく過ごすことだが。

気がかりがあるとすれば――。

「悪い可能性はある。あの少年が〈人形〉を捨ててしまうことだ」

露伴は編集者が参考として持ってきた〈ピンクダークの少年〉の単行本に触れた。

「ま、心配はしないでおこう。なにせ僕のサイン入りだからな」

ただの人気取りで漫画を描くつもりはないし、ファンのために自分の美学を曲げて描くこともない。ただ真摯《しんし》に漫画に向き合うだけだ。

それを露伴が続けている限り、あの少年が〈人形〉を手放すことはないだろう。

ペア・リペア

その日、岸辺露伴《きしべろはん》は苛立《いらだ》っていた。

まず午前中に隣の市にある図書館からメールが届いた。露伴が借りていた〈レプチャ語辞典〉の貸出期限が一週間ほど過ぎていたため、その返却を催促するメールだった。

この時点では、露伴も間違いなく自分が悪いと思った。

いくら執筆作業に没頭していたとはいえ、借りた本の返却期限を忘れていたのは手抜かりだ。まして隣の市の図書館である。広域利用の範疇《はんちゅう》とはいえ、税金を払ってない都市の公共施設を利用させてもらっている立場だった。だから、午後の作業を中止して、本を返しに行った。

〈当然だ。向こうが〈善意〉で貸してくれたものなら、こちらも〈誠意〉で返す。いったい誰が〈レプチャ語辞典〉なんて本を読むんだ、なんて考えも持っちゃあいない。実際、近くの図書館に置いてあることを知った時は僕も嬉しかった……〉

そして今、露伴はタクシーの車内にいる。

隣の市からS市までの帰り道だった。ただし露伴のカバンの中には、未返却の〈レプチャ語辞典〉が入ったまま。

（それが、昨日から改装工事中だとッ！　せめて返却ボックスくらい残してるかと思ったら、それすら撤去済みときた！）

憤懣《ふんまん》やるかたなく、露伴はタクシーの車窓を流れる街の様子を眺めている。

（別に構わないさ。きちんと確認しなかったこっちの落ち度だ。でも納得はいかない……。何度もメールを見たが、改装工事のことなんて書いてない。おそらく自動的に送られてきたモノだろう。システムと人間側の都合がマッチしなかっただけ……）

自らの苛立ちを抑えるため、露伴はことさらに思考を重ねていく。誰が悪いこともでなかった、と事実を反芻《はんすう》する。図書館の本を借りっぱなしという状態は心苦しいが、向こうが返却を受け付けていないのだから仕方ない。

それにしても、と露伴は再び、苛立ちの袋小路に足を踏み入れようとした。

（いや、やめにしよう）

ここで露伴は「フゥ」と息を吐いて思考を切り替えた。

別に仕事に追われているわけではない。たまには無目的な一日を過ごしてもいいだろう。そう思ってしまえば、車窓からの風景を楽しむ余裕も出てきた。

ちょうどタクシーは市境近くまで来ていた。周囲に高い建物がないから、青空はどこまでも広がっているし、一直線に続く並木道のケヤキの緑も鮮やかだ。何より平日午後の車道は混むこともなく、快適に走ることができていた。

（早く帰りたくてタクシーを拾ったが、これなら電車でも良かったな。で、このあたりからS市に入っていくと）

通りだけ見ているとS市との境界も判然としない。左右には新興住宅地があり、広い歩道と信号しか見えない。

そもそも隣の市がS市のベッドタウンだから、あえて訪れることもなかった。なおかつタクシーで通るというのも新鮮だ。見慣れない風景だが、かといって街並みに大きな違いがあるわけでもない。S市を手描きでトレースしたような小さな差異だ。

「勾当台《こうとうだい》に行くなら、こっちの方が早いんで曲がりますよ〜」

タクシーの運転手が確認してくる。勾当台は杜王町《もりおうちょう》の北辺、露伴の自宅がある区域だ。別に断るつもりもないが、露伴の言葉を待たずに車は曲がっていく。

その新興住宅地は緑に溢《あふ》れていた。

盛り上げた台地は植え込みに覆われ、その上に一軒家が建てられている。ポツポツと並んだ家屋は、それぞれがデザインを凝らしたものばかりだ。

露伴が車窓の風景をしげしげと見ていることに気づいたのか、タクシーの運転手がンンと咳払いをした。これから話しかけますよ、という合図だった。

「お客さんってS市の人でしょ？　じゃあ、この辺の住宅地の名前、知ってますぅ？」

「いや、こっちには今まで用がなかったからな」

「そうなんですかァ。いや、この辺のニュータウンの名前、最近になって変わったんですけど――」

小太り気味の運転手が面白そうに体を揺らしている。

「その新しい名前が〈ハッピーヶ丘《おか》〉だってェ〜！　イカしてるゥ〜！」

ケラケラと運転手が笑うたび、タクシー自体も面白そうに小さく揺れている。

「あ、別にィ……、私が性格悪いとかじゃあないですよォ？　ここに住んでる人を乗せた時に、その人が笑いながら教えてくれたんです。地区の名前を決める住民会で、ああでもない、こうでもない、って意見を出し合い過ぎて、誰かが適当に出した案に表が集まっちまったんだそうで！」

「それは、ま、想像できるな」

太平楽に話す運転手の方が、よほど〈ハッピー〉に見えるが、これくらいの方が露伴にとっても肩の力が抜ける。先ほどまで苛立っていたのが馬鹿らしく思えてきた。

「この辺って、元は〈幸《さい》ヶ《が》丘《おか》〉って名前だったんですよ。普通に〈幸せ〉って書いてサイガオカです。地味だけど良い名前でしょう？　でも、数年前に『物騒な事件』が起きて、名前を変えようって話になったそうで」

なおも運転手は一方的に話してくるが、相槌を求められるほどでもない。苛ついていた時に話しかけてこなかったのもそうだが、意外と気遣いができるタイプのようだった。

露伴はといえば、車窓を過ぎ去る新興住宅地を眺めていた。

〈杜王町の別荘地もそうだが、このあたりは金持ちが多く暮らしてるんだろうな。どれも『ご自慢の我が家』って感じだ……〉

そうして眺めていると、ひときわ大きな鉄の門を持った屋敷が目に入った。

他の住宅よりも敷地が広く、家屋も立派な西洋風の造り。外壁はレンガを貼り付けているのだろうが、古風な見た目に重厚感を演出している。

特に露伴が気になったのは、その家の庭だった。

まず屋敷の黒い鉄門から玄関まで、様々な花が咲き誇っていた。それがガレージ横から裏庭まで続いているらしく、敷地全体で巨大庭園を作っているようだった。

〈立派な庭だが――〉

タクシーが件《くだん》の家を通り過ぎようとしていた。

その際、門の横に黒板が立てられているのが見えた。チョークで何事かが大きく板書されている。一瞬だったが、その内容は充分に判別できた。

『イングリッシュガーデン公開中。どなたでもどうぞ！』

風景は過ぎ去っていく。露伴は後方を目で追っていた。

〈なんだったか……。たしか〈オープンガーデン〉とか言って、自分が作った庭を他人に見せる活動があるらしいな。それで訪ねてきた人間と交流するんだとか……〉

ふむ、と露伴が小さく思案する。

よく晴れた午後、気持ちのいい一日。わざわざ隣の市まで行って、何もせずに帰ってくる。それでも良かったが、ほんの少し意味を加えてみたくなった。

「この先の信号で止めてくれ」

「え、勾当台まで距離ありますけど？」

「いいんだ、少し歩いていくよ」

今日を無意味な一日にしたくない。せめて取材のため――、もしくは散歩のために遠出したと自分に言い訳をしたい。人並みな感情だが、露伴の本心だ。

「ま、気持ちはわかりますよ。こんな晴れた日は、外を歩いてゆっくり家に帰りたいですもんねェ。あ、嫌味《いやみ》じゃないですよ。私もきっとそうする、って意味です」

タクシーが停まり、支払いをしている間の小さな会話だった。

「じゃ、お客さん、どうぞ〈ハッピー〉な一日を！」

気安い笑みを浮かべ、運転手が釣り銭を渡してくる。


爽やかな風を浴びながら、露伴は新興住宅地を歩いている。

（あの家は、こっちの通りだったな）

タクシーを下りた時から、露伴は例の〈オープンガーデン〉の家を見に行ってみようと決めていた。

（園芸には、さしたる興味もないが……。ただ単純に気になる。自宅の庭を見ず知らずの他人に公開するという行為そのもの、それをやっちまう人間性ってヤツに）

建ち並ぶ家々を見ながら、露伴はそれらよりも立派だった〈黒門の家〉を目指す。それとなく見た周囲の家も、何軒かは玄関周りにプランターの花を置いている。ただし『ちょっとは見栄えを気にしてます』といった風情だ。

（ああいうのはわかる。日常に花を添えようっていう意識だ。趣味で庭いじりをやるのだって、自分の思い描く庭を実現したいとか、想像できる程度だ）

だが、と露伴は考える。

（それが極まって他人に庭を見せたい、っていうのは興味深い。何かの本で読んだが、自分が楽しみでやっている芸事を他人に見せようとすると、そこに芸術が生まれるんだそうだ）

露伴も一人の漫画家として、似たような意識は持っている。

承認欲求とは少し違うが、自分の作品が多くの他者に見られることは常に意識している。だからといって、他人から意見されて自分の美学を曲げるつもりもないが。

（そういう意味で、少し期待している）

なだらかな坂道を上っていくと、ブロック塀と植え込みの間から例の〈黒門の家〉が見えた。周囲の家は四角形を組み合わせたモダン建築ばかりだが、その家はデザイナーが凝ったのだろう、木組みとレンガを意匠に入れたチューダー様式風だ。

露伴が高い生け垣を横目に門へと近づく。

先頃、タクシーの窓から見えた黒板の立て看板も置かれていた。露伴は黒板に近づき、改めて内容を見る。日差しを反射していて読みにくいが、チョークの色を変えて細々《こまごま》とした注意が書かれていた。

『イングリッシュガーデン公開中。どなたでもどうぞ！

公開時間　12：00～16：00

※家主は裏庭にいます。ご一報いただけると幸いです。

※インターホンは鳴らさずにお入りください』

無用心極まりないが、本当に誰でも自宅に招き入れているらしい。その事実に露伴は小さく首をひねる。

（そうだ、こういうところが気になるんだ。庭を見せる、っていうのは他人を自宅にあげる、ってことだろう。他の芸術とは違う……）

例えば、絵画や彫刻は美術商の手を介し、漫画や小説、映画は商品となって流通する。

建築物や装飾品もそうだ。作者と鑑賞者との間には壁がある。あるいは音楽や演劇なら距離は近くなるが、そこにも舞台という区切りがある。

（自分の庭を見せるっていう行為はどれとも違う。自分のプライベート空間を他人へ直《じか》に触れさせるんだ。信じられないくらいのお人好しか、よっぽどの恐れ知らずか――）

つい過去を思い返し、露伴は苦い表情を浮かべる。

以前、露伴は自身の仕事場にファンを招いたことがあった。読者の生の反応を知り、彼らが持つ〈リアリティ〉を手に入れることで、作品づくりに活かせると思った。その下準備として、あえて完成直後の生原稿を見せたことさえあった。

結果的としては良い経験になったが、結構な騒動になった覚えがある。やはり、他人に〈心〉の近いところを見せるというのはリスクがあるのだ。

（その辺を度外視して、あえて見ず知らずの客を招くっていうんだから、どこかで僕と同じような考えをしてるのかもな……）

露伴は黒板から目を離し、重そうな鍛鉄《たんてつ》製の門に視線をやった。サイズはやや大きく、成人男性の胸くらいまでの高さがある。

縦格子の門には波がうねったような装飾が施されている。唐草模様に似ているが、ツルの端に植物の葉が彫り込まれているから、これはヨーロッパで多く使われるアカンサス文様だろう。

一応、露伴は門柱に付けられたインターホンを見る。その上に付けられた石製の表札には「木皿《きさら》」という名字が刻まれていた。

「ま、インターホンは鳴らすな、って書いてあったしな。それじゃ、失礼しますよ、っと……」

あえて声に出しつつ、露伴は門に手をかける。当然、そこに錠前などなく、キィと短く音を立てて内側へと開いていった。

家の玄関まで五歩くらいの広さがあった。

本格的に作っているのは裏庭なのだろうが、玄関前でも充分に雰囲気がある。隣家との仕切りは生け垣で、小さな花壇もあり、玄関扉にはプランターが吊るされている。伸びたアイビーが壁を伝い、家を歴史ある建物のように演出する。

「ほう、いいじゃあないか」

露伴は玄関先から右方に曲がり、レンガ敷きの小道へと入る。鉄製のアーチがあり、そこから先が庭となっているようだった。

ガレージ横まで数メートルほどのスペースがあり、家屋の壁側と塀側に細長い花壇が伸びている。背の低い花々が小洒落《こじやれ》た鉢に寄植えになっており、薄桃色のサフィニアや白いブラキカム、淡い紫色のラベンダーなどと楽しめる。

「なるほど、色彩に気を遣っているらしい。いきなりドギツい色の花を見せるんじゃあなく、優しい色合いから次第に濃くしていく。目が慣れてくるからな。壁際の花壇は手前から奥にかけて植物の背丈を変えて、視線がバラつかないようにする工夫もある」

観察力には自信のある露伴だ。

小道からガレージ横に到るまで、庭を作った人物の気配りを如実《にょじつ》に読み取っていく。

「そうか、さっきは他の芸術とは違うと思ったが、どこか〈茶道〉のような趣《おもむき》がある……。なんだ、意外と奥深いぞ……」

小道を曲がると、さらに別のアーチがあった。

大量のバラで覆われた華やかなアーチだ。赤バラに白バラ、ピンクのものも薄黄色のものもある。ここから先が別の庭園であると示す、境界としての役目も果たしているようだった。

「そうだよな、こうして明確な入り口を用意する。だから〈非日常〉を演出できる。物語性すら感じてきたぞ」

アーチの道は長く伸びており、見上げながら歩くだけで様々なバラが目を楽しませてくる。しとやかに咲くモノも、派手に咲くモノも、それぞれの花として個性を主張してくる。

やがて露伴はバラのアーチをくぐり抜け、庭の中盤とでも言うべき区画へと出た。

隣家の雑木林を借景に、背の高い植え込みが続く。集められた花も大ぶりのモノが多く、紫陽花《あじさい》に似た白いアナベルが出迎えてくる。

「確かに物語だ。色彩の変化は穏やかだが、フォルムの違いを見せてくる。序破急《じょはきゅう》の〈破〉の始まりだ。僕だったら、ここで作者の個性を見せたいところだが……」

そう思いながら露伴が歩いていると、花々の間に古そうな道具が置かれ、それらと花々が一体化しているのが見えた。

割れたベンチにはクレマチスのツルが這い、大きな水鉢《みずばち》に睡蓮《すいれん》が浮かべられている。小道が途切れたあたりには、壊れた女神の彫像が配置されており、その体を長い茎のアグロステンマが貫いている。

「そうそう、このあたりで大胆な動きを出したいもんなァ。庭を作った人間の考えが見えてきたぞ……。で、この辺で遊び心を出す！」

露伴はヒョイと身をかがめ、地面近くで生い茂るカヤツリグサの中に隠れている陶製の人形を見つけた。赤い帽子をかぶった、西洋風の妖精。それが二体で抱き合ったデザインだった。

「コイツは知ってるぞ。ガーデン・ノームだ。本場イギリスだとちょいと安っぽい置物に見えるらしい。日本で言えば、どこの家にも熊の置物がある、みたいな感覚か？」

庭草に隠れた二体のノームは、共に目を閉じて笑っている。大まかなデザインは同じだが、一体にはサンタクロースじみたヒゲがあり、もう一体にはない。

〈よく見ると服装も少しだけ違うな。もしかすると男女の〈ペア〉なのかもな〉

それにしても、と露伴が周囲を見渡す。

色とりどりの花が咲いているのは同じだが、この区画は玄関周りとは異なり、異様なオブジェや奇妙なエクステリアが増えている。割れたカップや泥にまみれた運動靴、片刃のハサミ、果ては雛人形やシーサーの置物などなど。

風にカラカラと回るものがあった。露伴が振り向けば、自転車のホイールが鉄柱に打ち付けられていた。

(女神の像とかはわかるが、ほとんどのモノは不釣り合いだな。誰かの忘れ物……じゃあないよな。なんとなく演出しようっていう意図が見える。まるで悪夢じみているが……)

露伴の感想通り、次第に花々も鮮やかかつ特徴的な種類へと変化していく。

長い茎の先にポコンと丸い花を咲かす濃紫《こいむらさき》のアリウム。ハリネズミのような中心部にピンクの花弁を持つエキナセア。釣鐘《つりがね》状の花弁をいくつも垂らすジギタリス。風に揺れる赤いアネモネは無数の眼球のように見える。

曲がりくねった小道を進むにつれて、不安感が増していくような作りになっている。曲線で構成された庭は遠近感を失わせ、さして広くないだろうに方角すらわからなくなる。

(いや、こういう演出も理解できる。ようはためだろう。物語中盤のトラブル。ハラハラドキドキの時間さ。で、終わりにパァーっと華やかな光景を見せつける。それで大団円ってヤツだ)

目隠しになっていた隣家の雑木林をくぐり、レンガ敷きの小道を辿る。日陰に咲く小さな花々を見下ろしつつ、一歩、また一歩と露伴は進んでいく。咲いている花の背丈が徐々に高くなっていく。

そして、三つ目のアーチを抜けた。

おお、と、露伴は思わず声を漏らした。

裏庭の最奥部は家屋から離れ、陽光をいっぱいに集めている。白い小さな花の集まったオルレア、大きく淡いピンクの花弁が華やかなゲラニウム、様々な色で目を楽しませるチューリップ。それら花々を縫うように数頭の蝶が舞い飛んでいる。全てが露伴を歓迎してくるようだった。

予想通りではあったが、実際に目で見ると気分も高揚してくる。

単なる〈趣味の庭園〉と思っていた露伴だったが、その見せ方が物語になっていると気づいてからは見る目も変わっていた。

「こういうのは悪くないぞ、むしろ良いッ！　思わず自分もやってみたくなる。今まで興味なかったが、これで鉢植えなんかを花屋で買っちゃってさァ～」

つい興奮し、露伴が声を上げる。

すると「クス」と柔らかな笑い声が聞こえた。

もしやと思って首を横に向けると、奥庭に設《しつら》えられたガゼボに人の影があった。白いテーブルを挟んで二人の女性——一人は年若い妊婦で、もう一人は品の良さそうな老婦人だ——が座っている。

そういえば、と露伴。黒板に書かれていた『家主は裏庭にいます』の文字を思い出した。咳払いを一つしてから、露伴はガゼボにいる二人に会釈する。その後、わざとらしく視線を逸らしてから一言。

「なんか、いい庭だなァ〜、って思いましてね」

再び「クス」と笑い声があった。どうやら笑っていたのは妊婦の方らしかった。

「ありがとうございます。作った甲斐がありました」

そう言って立ち上がったのは老婦人だった。細身の体を真っ直ぐに伸ばしている。

「この〈庭〉の主をしています、木皿ミチヨと申します」

ミチヨの撫でつけた白髪が陽光を跳ね返していた。


改めて、露伴はミチヨから客人として招かれた。

裏庭のテーブルに置かれているのは軽食入りのティースタンドと、白いティーコージーをかぶせたポット、そして三つのカップ。即席のアフタヌーンティーが催されていた。

帰っても良かったが、せっかくならば〈庭〉を作った人物に話を訊こうと露伴は思い、既に三十分ほど時間を共にしている。

「へぇ、岸辺さんって漫画家の人なんですね」

そう声をかけてきたのは妊婦で、名前を関《せき》セイラというらしい。ちなみに今は妊娠八か月目だそうだ。

「ああ……」

気乗りしない返事をしつつ、露伴はミチヨが淹《い》れてくれたハーブティーに口をつける。

自己紹介をした結果の会話だが、見たところセイラは漫画に興味はなさそうだった。

「ちなみに私は、産休中ですけど保育園の先生なんですよぉ。なのでぇ、子供たちに人気の漫画とか知っておきたいんですけど、岸辺さんの漫画って大人向けだったりします？」

案の定、セイラは自分の話に引き寄せてくる。とはいえ、半可通な漫画好きにグイグイ来られるよりはマシだ、と露伴は思った。

「どうなんだろうね。〈少年ジャンプ〉で連載してるけど、さすがに園児の読者は想像できないが――」

「ジャンプぅ！　知ってる～、すごぉい！」

「ああ、まぁ……」

漫画に興味のないセイラでも、さすがにジャンプと聞けば一目置くらしい。ネームバリユーのなせるわざだ。

「じゃ、先生って呼びますね。岸辺先生はどうして〈オープンガーデン〉に？　取材とかですか？」

「そんなところ」

「ちなみに私は！　なんかムシャクシャしててェ、気分転換にS市まで買い物に行ってェ、散歩しながら帰っててェ、そしたら看板が目に入ってェ、思わず飛び込んだら大正解！　イライラした気分もどこかに行っちゃいました。私も引っ越したいな、〈ハッピーヶ丘〉！」

臆面《おくめん》もなく変な地名を口にするセイラに、露伴は思わずハーブティーを吹き出しそうになる。

つい話を広げてしまいそうになるが、あえて露伴は口をつぐむ。

人と話すのは好きだが、今はセイラよりも話を聞いてみたい相手がそばにいる。ただし、当の老婦人はニコニコと笑顔を浮かべながら、露伴とセイラの話に耳を傾けているだけだ。

この〈庭〉を作り上げたミチヨに対し、露伴はある種の敬意を持っていた。

だから庭造りでどんな苦労をしたかとか、どういう工夫をしただとか、はたまたどのような人生を送ってきたのか、知りたいことは多くあった。

（とはいえ、〈ヘブンズ・ドアー〉を使うまでもないな。彼女の口から語ってもらいたいところだ。こっちのセイラとの会話は、まぁ、どうでもいい）

ズズ、と露伴がカップに口をつける。

ここで話が進まないと判断したのか、セイラは話題の相手をミチヨに定めたようだった。

「ところでこれぇ、ハーブティーですよね。ノンカフェインの！　ウレシぃ〜、妊娠中って飲めるモノとか限られちゃってぇ」

「ええ、そうなの。でもハーブなら何でも飲めるってことでもないのよ。レモングラスやカモミールはダメ。ローズヒップなら大丈夫」

そのあたりにもミチヨの心遣いが見て取れる。やはり〈オープンガーデン〉とは〈茶道〉のように客人をもてなす精神が大事なのだろう。

「ハーブって、この〈庭〉で採れたんですかァ？」

「いいえ、ハーブは植えてないの。ウチのは花だけ。スタイルが違くてね、そういうのはハーブガーデンって言うの」

「へぇ、イングリッシュガーデンって種類があるんですか？」

セイラが勝手気ままに尋ねている。露伴も訊きたいと思っていた事柄だ。内心で「よし、いいぞ。もっと訊け」と声を上げる。

「ガレージ横のはボーダーガーデンね。横長のスペースを使って、花や植物で段差をつけるの。途中は点景物を置いた庭で、ここはインフォーマルガーデン、自然の傾斜や曲がった道を活かして作ったの」

「なんかイメージしてた庭と違いました。西洋風だから、もっとカクカクってしてるのかな、って」

「そういうのはフレンチガーデン。イングリッシュガーデンは自然の形を活かすから、日本の庭と近いのかも」

「いいなァ、私もやってみようかな～」

と、話の方向が変わる気配を察し、ここで露伴が横から口を挟む。

「木皿さん……は、お一人で〈庭〉の手入れを？」

「ええ、今はそうです。でも力仕事もありますでしょう。最初は夫と二人で作っていたんです」

そう語るミチヨの顔に寂しげな色が滲《にじ》んだ。屋敷の方に人の気配がないことからも、今は一人暮らしだろうと推測できた。

「失礼ながら、旦那さんは……」

「はい、数年前に亡くなりまして。こうして夫を偲《しの》ぶつもりで、二人で作った〈庭〉を多くの人に見てもらおうかと〈オープンガーデン〉を始めました」

「なるほど、それは――」

話しながらも露伴は、ミチヨの人生が漫画のアイデアにならないかと思索していた。

〈実際に〈庭〉を見てわかったが、そこにあるのは物語性ともてなしの精神だ。自分の世

界観を披露しつつ、訪れた人間を楽しませる行為。漫画にも通じることだな）

その時、ポーン、という機械的な音が鳴った。

おや、と露伴が音の方を向けば、花々に囲まれたガーデン時計が見えた。頂点に風見鶏のついたスタンド型のもので、てっきりオブジェかと思っていたが、時刻は正確に三時を示している。

「あら、もうこんな時間なのね」

手を合わせてミチヨが頷《うなず》く。セイラも空気を読んだのか、手元のカップに残ったローズヒップティーを飲み干していた。

「そんなに慌てないで結構ですよ。閉園まで一時間ありますから、その間はゆっくりなさって」

「あ、ふぁ～い」

セイラがティースタンドに残ったムースタルトを頬張りながら、チラと露伴を見てくる。

「岸辺先生、〈入園料〉どうします？」

「なに、〈入園料〉だって？」

「表の看板に書いてありましたよ～」

初耳だったため、露伴は意外そうに眉を上げる。黒板を見た際、読みにくかった箇所は確かにあった。つい見落としていたのだろう。

だからといって「払うわけないだろう」とは思わない。これほど見事な〈庭〉を維持するのに費用もかかるだろう。何より充分に楽しめたし、提示された金額より多く支払ってもいい、と露伴は思った。

露伴は小脇にどけていたカバンに手をやる。中には財布と〈レプチャ語辞典〉が入っている。

「どうやら見落としていたようなんだが、いくら?」

「あれ、ホントに読んでないんですねぇ」

セイラがクスクスと笑う。小馬鹿にされた気分だが、立ち上がったミチヨの方は丁寧に頭を下げてくる。

「うちの〈庭〉を見ていただく方には〈入園料〉として、ちょっとしたモノを頂戴しているのです。でも、お金などではありません」

ミチヨがテーブルを離れ、露伴たちを〈庭〉へと導くように手を伸ばす。

「私が〈庭〉を案内いたします。そちらに皆様から頂いた〈入園料〉を展示しておりますので」

「展示しているだって?」

ふと露伴が思い返す。途中の小道で見かけた、あの奇妙なオブジェたち。まるで〈庭〉の雰囲気に合わない、自転車のホイールや運動靴……。

「この〈庭〉の〈入園料〉は『大切なモノの片一方』です」

さも当然というように、ミチヨが柔和《にゅうわ》な笑みを浮かべた。


ミチヨがレンガ敷きの小道を歩いている。

その後ろから露伴とセイラがおずおずと付き従う。

「なぁ、あの人、さっき『大切なモノの片一方』って言ったよな？」

「言ってましたよォ」

露伴が小声で尋ねてみれば、セイラは間延びした調子で返してくる。

「君は知ってたのか？」

「もちろん。看板を見た時、『なんてちょうどいいんだろう』って思いましたもん」

呑気《のんき》に構えているセイラに対し、露伴は〈入園料〉が何を指すのか思いあぐねていた。

「私の夫は――」

悩む露伴を案じてか、前を行くミチヨが声を上げた。

「生前から人との〈縁〉を何より大事にしていました。この〈庭〉を公開する前から、よく近所の方を家に招いていたんです。そうした時、別れ際に必ず言いました。何か『大切なモノの片一方』を置いていってくれないか、と」

小道から日陰になったアーチへと抜けたらしく、不意にミチヨの姿が影となった。後を追う露伴たちもアーチをくぐり、奇妙なエクステリアが溢れる区画に足を踏み入れた。

「片一方がいいのです。二つあるものの、一つだけを受け取る。二つ揃って意味のあるモノを、あえて意味のない〈片方〉にして、双方で持っておくのです。すると、渡してくれた方と〈縁〉ができますでしょう?」

ミチヨが足を止め、振り返って微笑《ほほえ》みかける。それが自分に向けて語られているものだと露伴は気づいた。

「つまり……、えーと、全部を受け取ると単なるプレゼントになって〈縁〉が切れちまうから、意味のない〈片方〉だけ受け取ってる、ってカンジ……?」

「ええ、こちらは〈片方〉を大切に保管いたします。決して売り払ったりなどしません。そして一度でも〈入園料〉を頂いたら、あとは何度でも自由に〈庭〉を訪れて構いません。それが来ていただいた方との〈縁〉です」

穏やかな調子だが、得体の知れない言葉の重みがあった。

概念としては露伴にも理解できる。他人の持ち物を受け取ることは、その相手との繋がりを示す。しかも〈ペア〉で意味のあるものを〈片方〉だけ受け取るということは、双方で無意味なモノを保管することになる。

だから「これは一種の枷《かせ》だろう」と露伴は考えた。

そうした露伴の考えを読み取ったのか、ミチヨは嬉しそうに目を細め、枯れ枝のような手を虚空へと伸ばした。

「例えば——」

そう言いつつ、ミチヨ鉄柱に打ち付けられた車輪に指をかけた。カラカラと風車のごとくホイールが回っていく。

「こちらは安藤《あんどう》ハルキ様から頂きました。三十四歳、会社員をしておられる方です。何気ない電動自転車のホイールですが、安藤様は三歳になるお子さんが高熱を出した際、この自転車があったから病院に駆け込めた、と仰《おつしや》っておられました」

続けて、ミチヨは腰をかがめて芝生に置かれた運動靴を指さした。

「この運動靴は二十一歳の大学生、尾形《おがた》コウシ様から頂きました。尾形様は陸上競技をやってらして、この靴は高校総体で活躍した際に履いていたモノだということです」

露伴とセイラの目の前で、ミチヨは次々と〈庭〉に置かれたモノの由来を語っていく。

母から譲られた裁《た》ちばさみの片刃、亡き恋人と使っていたペアマグカップの一方、大切な娘の成長を見守っていた雛人形の女雛だけ、沖縄旅行で買ったシーサーの一匹、医師だった祖父が使っていたという調剤天秤の上皿一つ……。

ミチヨが点景物として置かれている様々な品の由来を明らかにしてくる。それこそ花々を紹介するように、一つずつ愛おしそうに。

「どれもこれも、この〈庭〉を訪れた方の大切な〈片方〉です。私はそれらをエピソード付きで、しっかりと覚え、こうして飾っているんですよ。いつでも皆さんを思い出せるように……」

老婦人の話を聞いているセイラの方は、どうやら感動しているようで、ウンウンと何度も頷いている。一方、説明を聞く露伴は弱ったように頬を掻く。

（こいつは……、ちと厄介《やっかい》なことになったぞ。当然だが、この老人は充分に金を持ってる。だから〈入園料〉で金銭なんか必要ない。欲しいのは〈繋がり〉だの〈思い出〉だの……、そういう感覚的な何かなんだろう……）

かくいう露伴も、ミチヨの気持ちが理解できてしまう。

もし自分の漫画を読んで感動した人間がいるとして、その人物から「御礼にお金をあげます」と言われるより、「御礼にとっておきのエピソードを教えます」と言われる方が断然嬉しい、と。

（このモヤモヤした気分は……、ある種の同族嫌悪なのかもしれないが……）

難しい顔をする露伴だが、それが困っているように見えたのだろう。セイラが気安く肩を叩いてくる。

「岸辺先生、何を〈入園料〉にするか、思いつかないカンジですか～？」

「いや、そういうわけじゃあないが……。というか君は何を渡すつもりなんだ？」

「あ、私はコレですよ」

そう言って、セイラは身につけていたポシェットから凝ったデザインの指輪を取り出した。

「結婚指輪です」

「なんだって？」

「だからァ、結婚指輪ですってば。指がむくんで入らないし、もういっかな～、なんて」

露伴は顔をしかめ、額《ひたい》に指をやって何を言うべきか考える。こういう手合のことは考えても無駄な場合が多いが。

「私ィ、結婚してるんですよ～。ミィくん、お腹の子のお父さんですけど、あ、写真ありますよ、見ますゥ？」

セイラはスマートフォンを取り出すと、返事を聞くまでもなく、待ち受け画面を露伴の方へと見せてくる。カップルのツーショット写真だ。彼女の横で筋肉質の男性がピースサインを作っていた。

「で、彼とは仲良かったんです。でも昨日、久しぶりに喧嘩しちゃって……」

「ちょっと待ってくれ、まさか夫婦喧嘩のエピソードを全部聞かせるつもりか？」

「え、だって、ミチヨさん的には、そういうエピソード付きの方がいいですよね？」

話を振られたミチヨだが、相変わらずニコニコと目を細めて笑っている。続けて、とばかりに手で口を覆ってから頷く。

「岸辺先生も聞いてくださいよ～。ミィくん、めちゃくちゃ怒ってきて。なんでって、私が知り合いのママさんからベビーカーを借りてきたら、自分たちで買った方がいいって言い出して！　そんなの無理！　だってベビーカーってめちゃくちゃ高いんですよォ！　お金に無頓着な人だったんです～」

「で、ムシャクシャした気分だったと。そりゃお気の毒サマ。ついでに指輪を〈入園料〉にして、いつになったら夫は無くなったの気づくかな～、なんてコトをやりたい、と……」

「ああ！　岸辺先生、勝手に話終わらせようとしてますよね！」

露伴はセイラには取り合わず、ミチヨの方を向いてから足元を指さした。

「それより、僕の〈入園料〉だが、今履いてる靴下なんかどうかな。二つで一つの靴下の〈片方〉さ。別に大層なエピソードもないが、ブランド物でなかなか気に入ってるんだぜ」

「それはそれは、私としては充分かと思います……」

答えながら、ミチヨは近くの花に手を差し伸べる。ブルーサルビアの花たちが、風にそよいで長い花穂を揺らしていた。

「ですが〈入園料〉を決めるのは私ではございません。相応《ふさわ》しいモノは〈庭〉自体が決めてくれますよ」

ミチヨが微笑む。穏やかな声だったが、他者を威圧するような不気味な響きがあった。

「さて、私は茶器を片付けてきます。お二人はどうぞ、閉園まで〈庭〉を楽しんでいってください」

そう言って、ミチヨは露伴の横を通り過ぎる。

セイラもまた、老婦人に続いて奥庭の方へ戻ろうとしていた。二人でアフタヌーンティーの後片付けをするようだった。

「…………」

一人残された露伴だったが、今の一瞬に、小さな違和感を覚えていた。

(何か……、何かがおかしかったぞ。いや、最初からおかしかったのかもしれないが……)

違和感の正体を探ろうと、露伴が〈庭〉を見回す。

背後ではミチヨとセイラが連れ立って奥庭の方へと歩いていたが、それも雑木林の陰に隠れて見えなくなった。

(あの老人……、そうだ、匂いがしなかった。いや、それだけじゃあない。この〈庭〉に入ってから、どの花からも〈匂い〉を感じないんだ……)

露伴が鼻に意識を集中する。

風に乗って運ばれてくる〈匂い〉には、確かに植物の青臭さが混じっている。だが、これだけの花が咲いているのにもかかわらず、それら特有の〈匂い〉は感じ取れなかった。

（気のせいか、単に花が多すぎて感じ取れていないのか……）

一方、周囲の〈匂い〉に集中することで嗅《か》ぎ分けられたモノもある。微かだが、小動物の死体を放置したような生臭さがあった。

露伴は生臭さの元を辿るつもりで視線を動かす。するとカヤツリグサの隙間に奇妙な黒い影が見えた。

（なんだ……？）

目を凝らして見れば、草の陰で何かが蠢《うごめ》いている。

ウッ、と露伴が思わず呻《うめ》く。

赤黒いモノに何匹もの虫がたかっている。首の長い黒光りした虫――オサムシの一種だろう。それらがカチカチと歯を鳴らし、血色の何かをかじり取っていた。

（なんだ……、アレは？　ミミズの塊《かたまり》を虫が襲っている……？　いや、違う。アレは肉の塊だ――）

露伴が後ずさりする。もっと観察しなければという思いと、すぐに離れなければいけない、という勘がせめぎ合っていた。

（おかしいんだ……、何かが。この〈庭〉に長くいてはいけない気がする！　僕の思考と似ているからこそわかるッ！）

トプン、と水音が響いた。

ハッ、と露伴が振り返ると、近くの水鉢で水面が揺れていた。何かが落ちたのかもしれない。睡蓮の葉が小さな波に漂う。

水鉢には白い浮き球があった。飾りの浮き球。そう思い込んでいたモノが――。

グルン、とそれが瞳を空に向けた。人間の眼球が浮かんでいた。

「なにッ⁉」

露伴は身構え、水鉢から距離を取った。不意に冷たい風が吹き込み、鉄柱に打ち付けられたホイールが回り始める。

（あれは眼球だ！　悪趣味なオーナメントなんかじゃあない、本物だ。本物の人間の眼球……。左右一対あるモノの一つ、つまり〈片方〉だッ！）

そして、と露伴がカヤツリグサに覆われた地面に視線を戻す。

（そういうことなのか……？　それなら、アレは普通の肉じゃあなく、人間の体にある〈片方〉の部位、例えば腎臓とか、肺とかの臓器……。それを〈入園料〉として支払ったとでもいうのか⁉）

一瞬の思考の後、露伴は玄関に向かって駆け出していた。

（この〈庭〉はヤバいッ！　僕の勘がそう言っている！）

走る露伴を手招くように、血の色をした花々が揺れていた。

玄関の方に向かって走っていたはずだった。

「クソッ!」

頬に汗を滴《したた》らせながら、露伴が悪態をついた。

ほんの数メートルほどだ。バラの咲き誇るアーチ道を抜ければ、もう数歩でガレージ横のボーダーガーデンに出る。しかし、終点であるはずの鉄製のアーチをくぐった瞬間に、バラで彩られた〈庭〉の始まりに戻っていた。いくら露伴が走っても、バラのトンネルが途切れることはなかった。

このまま闇雲《やみくも》に走ったところで、この〈庭〉からは逃げられないだろう。

露伴は直感的に理解していた。何より今の状況に、自分の〈ヘブンズ・ドアー〉と似た雰囲気を感じている。有無を言わせず、相手を強制的に支配する効果だ。

(この空間には〈意思〉がある……。従うしかない……。花々を見て、精神の波長が合った時点で取り込まれているんだ。だから必ず〈入園料〉を支払わなくてはいけないッ!)

露伴は踵《きびす》を返し、玄関ではなく奥庭の方へ向かって再び走り出した。

〈あの老人に会う……。これが無意識に生まれた空間なのか、意識的なものかは知らないが……、彼女が〈庭〉の主なのは確かだ！〉

バラの道を逆走し、アーチをくぐり、客人の〈片方〉が並んだ庭を抜ける。隣家の雑木林と日陰で構成された庭を通り、露伴は再び奥庭へと出た。

色とりどりの花は変わることなく咲き誇っているが、これまでいたはずの蝶が一頭も飛んでいない。いつの間にか吹き込む風は冷たいものに変わり、草花がサワサワと音を立てる。

「あら」

ミチヨは先ほどと同じく、ガゼボに据えた白い椅子に腰掛けていた。何も知らない、といった風情で露伴に微笑みかける。

「もう、お帰り？　それなら〈入園料〉を頂こうかしら」

曲がりくねった小道を辿りながら、露伴は〈庭〉を進んでミチヨへと近づいていく。

「それは結構だが、彼女……、セイラとか言ったか、あの妊婦の女性はどこへ？」

「さぁ、さっきまでいたのですけど――」

ミチヨが周囲をキョロキョロと見回している。やがて露伴がガゼボに到る。手を伸ばせば老婦人に届く距離だった。

だから先手必勝とばかり、ミチヨが視線を戻した瞬間に露伴は〈ヘブンズ・ドアー〉を発動させた。それだけで老婦人は何も言わずに意識を失い、顔を本に変えて椅子にもたれかかった。

「不躾《ぶしつけ》で悪いが、こっちも必死なんでね」

ミチヨの顔に現れたページを露伴がめくっていく。やけに筆圧の弱い文字でミチヨの〈記憶〉が記《しる》されていたが、読み取れないほどではない。

「木皿三智代《みちよ》……、七十九歳。職歴はなし。二十三歳の頃、医者だった木皿嘉士郎《かしろう》に嫁ぐ。子供には恵まれず、義母から辛く当たられた。ただ、夫は彼女を愛していたようだな。夫婦二人で、穏やかに老後を過ごせればいいと思っていたらしい。そして二十年前に〈幸ヶ丘〉のニュータウンに引っ越してきた……。絵に描いたような、おしどり夫婦ってヤツか」

露伴はミチヨのページをめくり、この〈庭〉から抜け出すためのヒントを探ろうとする。

だが、次のページを見て思わず呻いた。

「これは……」

ドス黒いページだった。凝固した血で書いたような「恨・憎・怨」の三文字がびっちりと書き込まれており、その上に白色の文字が綴られている。まるで黒板にチョークで書くように。

『クソガキどもが夫を殺したッ！　他所《よそ》から来たガキども、借りていくと言って金を盗んだガキども、それを叱った夫の頭をハンマーで叩き割った、あのガキどもッ！』

露伴は手を止めていたが、風に吹かれて次のページが現れた。

『必ず〈復讐〉してやるッ！　私が夫を失ったように、お前らの大事な〈片方〉を奪ってから！』

ミチヨの記述はそこで終わっていた。それを読んだ露伴が顔をしかめる。

「この家は……、なんてことだ、強盗殺人事件があった場所なのか？　タクシーの運転手も言っていたな。数年前に『物騒な事件』が起きて、地名を変えることになったと……」

露伴が額に汗を垂らし、小さく唇を噛んだ。

「この婆さん、一体何者だ！」

本となったミチヨの顔は安らかで、その内部にあるドス黒い感情を想像できない。

「彼女が作り出したのかッ！　夫を殺した強盗犯を処刑するための〈庭〉だ！　無差別に人間を誘い込み、入り込んだ者から〈片方〉を奪い取っていくッ！　そして、もし犯人が来た時には――」

露伴は〈庭〉に転がっていた臓器らしきものと、人間の眼球のことを思い出す。その持ち主が今どうなっているかは、あえて考えないようにしたが。

念のため、露伴はポケットのペンを取り出し、ミチヨのページに『岸辺露伴を攻撃しない。そして今あったことを全て忘れる』という文言《もんごん》を書き加えておいた。

「一応、これで攻撃はされないはずだが……」

緊張した様子で、露伴は後ずさって距離を取る。〈ヘブンズ・ドアー〉は解いたが、未だにミチヨが目を覚ます様子はない。

露伴のかかとが植え込みの端に触れた。

草を避《よ》けるように、前を向いたまま次の一歩を後ろへ出す。その時、何かが引っかかり、露伴は尻もちをついていた。

引っかかったモノに露伴が視線をやると、小さく可愛らしいエリゲロンの花の下に人間の足が見えた。

ハッ、と露伴が息を呑む。

草花に囲まれて、そこにセイラが倒れていた。息はあるらしいが、目を閉じて眠っているようだった。それにもまして奇妙なのは、彼女の四肢に大量の草が巻き付いていることだった。

「オイ、君ッ！」

膝立ちのまま、露伴がセイラの顔を何度か叩く。それでも彼女が目を覚ますことはなく、仕方なく助け起こそうと肩に手をやった。だがセイラを捕らえた草は強靭で、いくら力を入れても千切《ちぎ》れることはなかった。

ポーン、とガーデン時計の音が鳴る。

「そろそろ……、閉園の時間ですよ」

背後からの声に露伴が振り返る。目を覚ましたミチヨが、ゆったりと椅子から立ち上がっていた。

「アンタ……、これは何だ？　彼女は一体……」

ミチヨが一歩、露伴の方へと近づいてくる。

「その方は、先ほど〈入園料〉として結婚指輪を置いていくと仰ってくださいました。二つある指輪の大事な〈片方〉です。しかし、どうやら〈庭〉の方が、より相応しいモノを見つけたのです」

「相応しいモノだって？」

「ええ、もっと大事な〈片方〉があるようで」

微笑みながら、ミチヨは細い指を横たわるセイラへと向けた。その指が示しているのは妊娠中のセイラの大きくなった腹部だった。

「おい、まさか……」

「普通のベビーカーより使える場面が少ないので、中古のものを買ったり、レンタルした方が良いのだ、と彼女は仰ってました。ご苦労があるのでしょうね、〈双子〉のお母様は……」

さも当然のようにミチヨが語る。それを聞く露伴の顔が苦々《にがにが》しいものに変わる。

この〈庭〉に招かれた者は〈入園料〉として『大事なモノの片一方』を支払うことにな

る。重要なのは〈片方〉であること。老婦人が愛する夫を失ったように、二つで揃っていたモノの一方を奪われる。片方の靴、一つの車輪、阿吽《あうん》の一方、男女のどちらか。そして〈双子〉のうちの一人……。

露伴がセイラを庇《かば》うように立った。穏やかに佇むミチヨに対峙する。

「僕が反論するのも変な話だが……、彼女が支払う〈入園料〉は随分と割高なんじゃあないか？」

「それは〈庭〉が決めることですので」

「そうかい。だが〈入園料〉ってのは……、もっと直接的に言うが、アンタの夫を殺した犯人に払わせるべきだろう」

その言葉にミチヨは目を見開いた。微笑みも消え、それこそ枯れた花のように冷たく萎《しお》れた表情を露わにする。

「だからこそ、そいつの子供が奪われるのがいいんだろッ！」

怒気を込めたミチヨの声だった。

「そいつの夫が、私の夫を殺した犯人だった！　さっき写真を見せてたな！　私は犯人の顔を見てなかったが、この〈庭〉が三人組の犯人を見ていたんだッ！　だからわかる！」

「なんだと……」

「おかしいでしょうが！　あのクソガキは、私の夫を殺したクセに、のうのうと子供を作ってやがる！」

突如としてミチヨが頭を掻きむしる。白髪が乱れ、鬼女の形相を露伴に見せつける。

「だから、きっちり〈入園料〉をもらう！　それも〈片方〉だけ！　あのクソガキの腎臓のように、あのクソガキの眼球のように！」

ついていけない、とばかりに露伴がセイラの側に寄った。それを見るミチヨの顔は歪んでいく。

「アア……、そこをどいてくださいな。別にアナタの〈入園料〉を求めてはおりません、靴下でも、何でも結構ですので」

「僕は別に正義漢ぶるつもりもないし、アンタの〈復讐〉をとやかく言うつもりもない。でもなァ、なんていうか……、さすがに罪のない妊婦と、その子供が被害に遭うのは捨て置けないな。人間としてのプライドを試されてる、ってカンジだ」

「なんと言われようが、聞く耳は持ちませんよ。説得の時間は無意味なんですから」

フゥ、と露伴が安堵の息を吐いた。

「いや、時間稼ぎはできた」

ミチヨの表情が変わる。露伴の背後では、草に覆われたセイラの体がモゾモゾと動いていた。

「マテッ！　何をしている！」

「カヤツリグサ科の草ってのは硬いらしいな……。昔は乾かした草を編んでロープや袋として使っていたくらいだ。とはいえ、刃物には無力だな――」

プツン、と草が断ち切られる音がした。

セイラは草に体を拘束されながらも、その手に裁ちばさみの片刃を握っている。彼女は意識を欠いたまま、手首をひねって体に巻き付く草を切っていた。

「さっき〈庭〉を通った際に拾っておいた。何かに使えるかと思ってな。そして彼女に触れた際、手にハサミを握らせて、〈ヘブンズ・ドアー〉で〈命令〉を書き込んだ。つまり『自分を縛る草をハサミで切る』ように……」

露伴が目隠しとなることで、ミチヨから距離を保ったセイラを自由にすることができた。加えて逃走の準備もできている。

「お前！　オマエ！」

激昂したミチヨが駆けてくる。しかし、老婦人の手が迫るより、露伴が〈ヘブンズ・ドアー〉を発動させる方が早い。既に露伴の腕の一部が本のページとなっている。

「妊婦の体だから……、そこまで無茶はできないが」

露伴はセイラを抱えた状態で、自身に対し『セイラを抱えて後方へブッ飛ぶ』という命令を書き込んでいた。

ミチヨの手が触れる間際、露伴とセイラが周囲の花々を散らしながら飛んだ。

陽光が傾き、黄金の光が小道を照らしている。

その光の中で露伴が肩を押さえ、辛そうに息を整えていた。セイラと共に飛び、無理な姿勢で着地した際に、体をしたたかに打ちつけていた。そうでなくとも、〈ヘブンズ・ドアー〉の命令で人間の限界を越えた動きをしたから、その反動で全身の筋肉が悲鳴を上げている。

一方、セイラは雑木林のそばで目を覚ました。状況を説明する暇もない。露伴は「ここから逃げる」とだけ伝えて、身重のセイラを伴って〈庭〉からの脱出を図る。

「だが、これは……」

露伴たちは、奇妙なエクステリアと悪夢じみた花に覆われた〈庭〉に出た。既に何度かバラのアーチを抜けたはずだった。

いくら駆けようと小道が途切れることはなく、周囲の木々と草花が複雑に絡み合って行く手を阻《はば》む。もはや空間的制限はなく、今や〈庭〉は花々で彩られた迷宮と化していた。

（無茶をしてもいいが、彼女がいるからな……）

露伴が横を見れば、セイラが苦しそうに顔を歪め、その額に汗をかいていた

そして、チラと自身のスマートフォンを見てから、

「あぁァ〜?!」

と、素っ頓狂な悲鳴を上げた。

「なんだ、こんな時に!」

「岸辺先生ェ、これ見てよォ〜!」

セイラがスマートフォンの画面を露伴に見せつけてくる。小さい字が多く、すぐには判読できなかったが、どうやらニュースサイトの古い記事を見ていたようだった。

「君な、今はそんなことをしている場合じゃあ――」

「違うのッ! この記事を見たから、さっきミチヨさんに聞きに行った! でも、答えを聞く前に私!」

露伴がスマートフォンを取り上げ、セイラが表示していたニュース記事に素早く目を通す。記事の日付は二年前のものだった。

『……幸ヶ丘の住居に侵入し、金品を奪ったうえで家主である高齢男性を撲殺した強盗殺人事件において、同じ犯人グループに暴行を受け、市内の病院に入院していた男性の妻(79)が今日午前、死亡した』

記事の最後に、事件現場となった家の写真が添えられていた。あまりに特徴的な〈イングリッシュガーデン〉が背景に映っている。

「まさか……」

「この〈庭〉……、私、なんか見覚えがあるって思ってたの！　ねェ〜、コレってそういうコトだよねェ！　つまり、ミチヨさんはもう死んでて……」

セイラが震える手で露伴の腕を取ってきた。怯《おび》えた様子でブンブンと露伴の腕を振る。

「わかってる！　あの老人は幽霊で、僕たちを祟《たた》り殺《ころ》そうとしていて、ここは〈あの世〉に近い場所なんだろう！」

「ちょっとォ！　話終わらせないでよォ〜！」

ワァワァと喚《わめ》き散《ち》らすセイラをよそに、露伴は努めて冷静に周囲を見回す。推理と今までの経験から、この〈庭〉を脱出するための方策を探していた。

〈この〈庭〉が……、ある種の異界だとしても、必ず出る方法はあるはずだ。なぜなら僕は知っている……。こういう生と死の境界のような空間は、必ず自然な状態に戻ろうとする。死んで〈あの世〉に行くか、生きて〈この世〉に帰るか……〉

露伴の腕がグイグイと引っ張られている。それを無視してなおも思考を続ける。

「岸辺先生ェ……」

〈単なる直感だが、境界には楔《くさび》というか〈結び目〉のようなモノがあるはずだ。要は〈片方〉と〈片方〉を繋ぐようなモノ。そうだ、思い当たるモノとしては……〉

さらに腕が引っ張られる。セイラの手が強く食い込んでくる。

「ねェ〜！　岸辺先生ってばァ〜！」

「なんだ、さっきから！」

「違うのォ、ねェ、引っ張られてる、私……」

声に振り向くと、セイラが泣き顔ですがりついていた。彼女が露伴の腕を引いているのではなく、彼女自身が背後から引っ張られる力に抗《あらが》っていた。

「足になんか絡んでる！　怖くて見れない！　どうなってるのォ?!」

露伴はセイラ越しに〈庭〉の向こうを見た。

薄暗い木立の間からツル性の植物が蛇のように這ってきている。それはセイラのつま先から太ももまで伸び、彼女の下半身に巻き付いていた。

そして、ついに限界を迎えたセイラの手が離れた。彼女は背後へと引きずられていく。

「アッ、あぁァ〜！」

「な、何ッ?!」

悲痛なセイラの声に混じって、キャキャキャとサルのような笑い声が聞こえてきた。雑木林の向こうから、老婦人が首を伸ばして様子を窺っていた。細めた目と三日月のように吊り上がった口角。張り付いた笑顔があった。

「ひッ、ひィィ……」

植物に絡め取られ、引きずり出されたセイラにミチヨが近づいていく。

「もう閉園の時間ですからね、そろそろ〈入園料〉を頂きましょうね……」

「おい！」

「アナタはァ……、帰ってもいいんですよ？　ここで帰るなら、今回は特別に、一人だけ〈入園料〉を無料にしてあげます」

それを聞いた露伴が視線を横へやる。生い茂る植物と奇妙なオブジェが点在する〈庭〉の一角だった。ちょうど出口になるだろうバラのアーチも見えていた。

「仕方ないな……」

タッ、と、そこで露伴がセイラに背を向けて駆け出した。

「そうそう！　どうぞお帰りくださいな！」

「あぁッ！」

見捨てられたと思ったのかセイラが絶叫する。

一方、ミチヨはニタニタと笑いながら、その手にある裁ちばさみの片刃を掲げた。それをメスのように握り直すと、刃先をセイラの腹部へと当てる。

「ちょっと待った」

露伴の声があった。ミチヨが首を曲げ、その姿を確かめようとする。

「あ？」

「僕は別に……、帰るとは言ってないぜ」

駆け出した露伴が向かったのは、出口であるアーチではなく、オブジェの転がった草むらの方だった。その場所にあるはずのモノを見つけ出し、持ってくるために。

「仕方ないな、ってのはイチかバチかに出るしかないな、って意味さ」

「オマエッ！　それ、アア、それはッ！」

露伴が草むらで見つけたモノを掲げる。それは二体が抱き合った形をした陶製のノーム人形。つまり、二つで一つのモノ。

「変だと思ってたんだ。アンタは色んなオブジェの説明をしてたが、コイツのことだけは話さなかったな……」

「まさかッ、やめろ！　それは私の大事な、夫が買ってくれた！」

ミチヨは髪を振り乱し、セイラのことなど無視して露伴に向かって突進してくる。

「ならいい、アンタの大事な〈片方〉だ。今回だけ特別に〈入園料〉をおごってくれ」

ミチヨが飛びかかってくる直前、露伴は手に持ったノーム人形を地面に叩きつけた。

「あッ！」

派手な音を立ててノーム人形が砕け散る。〈片方〉だけ、ヒゲのある方だけを残して。

「ギいィイッ！」

その途端、ミチヨは咆哮《ほうこう》する。全身に亀裂が走り、バラバラになったノーム人形と同じように体が崩れていく。陶器の破片のように、ミチヨだったモノがあたりに散らばる。

「コイツこそ〈結び目〉だった。幽霊のアンタが取《と》り憑《つ》いたモノだ。そして、ただの破片だが……、だからこそ意味のない〈片方〉として〈庭〉は受け取ってくれたらしいな。アンタ自身が〈入園料〉を支払ったんだ……」

異界となっていた〈庭〉全体が激しく揺れ、のたうち回るように植物たちが姿を変えていく。

「オイ！」

露伴は駆け出すと、バラバラとなったミチヨを踏み越え、ツルから離れたセイラを抱え起こした。

「早く出るぞッ！」

「は、はいィ〜！」

泣き顔のセイラを支えながら、露伴が歪んだアーチ道を進む。あれほど美しく咲いていたバラたちも、ジワジワと醜く萎れていく。やがて最後のアーチも見えてきた。もう数歩でガレージ横のボーダーガーデンへと出る。

その時、露伴は足に植物が絡むのを感じ取った。

「行け！」

露伴がセイラを押し出す。彼女はアーチの向こうへと倒れた。

「岸辺先生ェ！」

その言葉を最後にセイラの姿は見えなくなった。アーチの周囲が植物に覆われ、完全に〈あちら〉と〈こちら〉で空間が分かたれたようだった。

体勢を崩した露伴。その足に絡みつくツルが後方へと引っ張ってくる。人間では抗えない、強い力によって露伴の体が〈庭〉へと引きずられていく。その都度《つど》、鋭い草が当たり、細かな擦《す》り傷《きず》が指先や頬に作られていく。

「うおッ！」

周囲には悪夢じみた花が咲き、異様なオブジェたちが散乱している。露伴に絡みつくツルは全身を締めつけながら、その体を近くの鉄柱まで引き上げていく。露伴の額から血が流れる。一つだけの車輪がカラカラと回っている。

「ヒッ、ヒッ……」

磔《はりつけ》となった露伴の足元で、引き笑いを漏らすモノがある。

バラバラに砕けたミチヨの破片。半分に割れた顔面と胸部、そして左腕が地面を虫のように這っていた。

「悔しい……、悔しいが仕方ない。一人分の〈入園料〉は支払われた。私の〈片方〉で肩代わりした。だから出られる……。でもオマエは別だッ！」

露伴は言葉を発さず、無惨に散らばるミチヨを見下ろしていた。

「オマエからは〈入園料〉を頂く……。この〈庭〉が、そう判断したんだ！」

「なるほど……、アンタには僕を攻撃する〈意思〉はないみたいだが、空間そのものが逃さない、か」

ミチヨの破片が弾むようにして、ジワジワと露伴の足へと張り付いてくる。縦に半分となった口が愉快そうに開いていく。

そこで不意にツルの拘束が解け、露伴の右腕だけが自由になった。

「さぁ、〈入園料〉が決まったよ。漫画家っていうのは腕が大事なんでしょう？　右腕と左腕、二つで一つの〈ペア〉……、その〈片方〉を置いていけ」

指先にミチヨの顔が近づく。彼女の左腕が露伴の肘を押さえる。

「右腕を引き抜いてやろうねェ！」

「なァ、この状況でなんだが、少しいいか？」

「あァ？」

露伴の右腕がミチヨの顔に突きつけられた。

「アンタは木皿ミチヨの幽霊でいいんだな？　大事な質問なんだ。二つの意味で。とにかく、別人の霊だとか自然現象とかじゃあない……」

「何をいまさらッ！」

「なら結構――」

その瞬間、ミチヨの顔にページが現れる。中心から破られた本のような、中途半端な形ではあったが。

「幽霊ならいい、幽霊は〈意思〉がある……。どうやら、そういう判定になるらしい、僕の〈ヘブンズ・ドアー〉は……」

露伴が素早く指先を振る。擦り傷から流れた血をインク代わりに、ミチヨのページに一瞬で命令を書き込んだ。

『木皿ミチヨは岸辺露伴を〈伴侶〉だと思う』

ページを閉じた時、ミチヨの表情が変わった。怒りと悲しみを綯《な》い交《ま》ぜにし、何かを堪《こら》えるように、ただ口を歪めていた。

「オマエ、何をした……」

「だから……、幽霊だと助かるんだ。僕は結婚のことなんて考えてないし、生きた人間の感情を騙して自分に惚れさせるなんて、とてもじゃあないが――」

ここで露伴を捕らえていた植物が解けた。

そして様々な草と鮮やかな花が、一斉に動き出してミチヨの破片に絡みついていく。

「この〈庭〉は……、〈片方〉へ抱く思いの量で〈入園料〉を決めるみたいだな……。だから嘘は吐《つ》けない。本心だ、僕の今の思いは……」

露伴が左腕を伸ばす。ページが開き、既に〈ヘブンズ・ドアー〉で書き込んでいた内容が現れた。

『この〈庭〉を出るまで、岸辺露伴は木皿ミチヨを〈伴侶〉だと強く思う』

異界の植物がミチヨのパーツを包み込む。どこが終着かもわからないが、この〈庭〉の奥へと引っ張っていこうとしている。

「どうやら〈庭〉が認めてくれたらしいな。アンタは僕にとって……、何よりも大事な〈片方〉だと……」

ミチヨの破片が連れ去られていく。露伴は顔をしかめ、思わず手を伸ばそうとする。自身へ書き込んだ〈命令〉を理解していても、感情は別のところにある。

「キひッ、キィィッ！」

動物のような悲鳴を残し、ミチヨの全てが〈庭〉に持ち去られていく。これによって露伴の〈入園料〉は支払われた。やがて周囲の草も枯れていき、異界となっていた〈庭〉は元の姿を取り戻す。

一人残った露伴は、深く長く息を吐いた。

「これでも……、本当に辛いと感じてるんだぜ。あとで消すとはいえ、今はアンタを〈伴侶〉だと思っているからな。結婚詐欺みたいなやり方だが」

誰もいない屋敷を夕日が照らしている。

あれほど見事だった〈庭〉は消え去り、今は枯れた植物に覆われた寂しい空き地となっていた。

「自分の〈片方〉を持っていかれたんだ。それこそ身を裂かれる思いだ……。アンタの気持ちが少しはわかる」

露伴が振り返る。錆びた鉄のアーチと土だけのボーダーガーデン、その向こうにある玄関で泣き顔のセイラが手を振っていた。

まったく〈ハッピー〉ではなかったが、こうして露伴の一日が終わろうとしていた。


「迷い家、という伝承がある」

青空の下、露伴は誰にでもなく呟いていた。

「山の奥で不思議な屋敷に迷い込む話だ。そこには鉄の門があり、色とりどりの花が咲いているが住人の姿はない。そして迷い込んだ者は、屋敷から皿だとか、お椀だとかを持ち帰る。その結果、幸運が舞い込むんだと」

風が吹き、サワサワと雑草がなびく。もはや管理する者もおらず、好き放題に伸びた植物たちだ。

「ただし、幸運を得られるのは正直者だけだ。その皿やお椀は異界から借りたモノなんだ。返そうとした者は幸福になるが、奪い取ろうとした者には不幸が訪れる……」

露伴が横を見る。長く放置されたチューダー様式風の屋敷。窓の多くは割られ、応急処置として板が貼り付けられていた。かつては〈庭〉だった空間は、今はただの廃墟に付属する空き地に過ぎない。

「あの〈庭〉に迷い込む人間は……、これは僕の推理だが、何かを借りたままの人間たちだった」

それが〈庭〉の〈意思〉だった。

ミチヨの家に強盗が入った際、彼らは返すつもりもなく『金を借りていく』と言った。だからこそ『借りたままの小さな罪悪感』をトリガーにして、あの〈庭〉は人間を無差別に呼び込んだ。

そして、と露伴が視線を下げる。

「もう一つの条件は、外の土地から入り込んできた人間だ。この土地は〈幸ヶ丘〉って名前だったらしいが、サイは古い言葉で〈遮る〉、つまり境界を守るって意味だ。サイノカミって言葉もある」

露伴の足元には小さな石像があった。

それは双体道祖神と呼ばれるモノで、男女が寄り添う形で作られた像だった。古くは村の出入口や峠など、人間が住む土地の境界に置くことで、外から来る疫病などを防げると信じられていた。

「あの〈庭〉は、迷い家とサイノカミっていう二種類の力が生み出した幻だった。おそらく木皿ミチヨの無念を晴らすつもりで、土地そのものが力を貸し与えたんだろう」

男女一対の石像は雑草に覆われていたが、以前は丁寧に扱われていたことがわかる。もしかすると、かなり昔から置かれていた存在なのかもしれない。それをミチヨは大事に敬い、在りし日の〈庭〉にも残していたのだろう。イングリッシュガーデンの雰囲気にはまったく合わずとも。

「ちなみにだが、関セイラの夫は警察に出頭したよ。彼女が説得したのかどうかは知らないが。ただ重い刑になるだろう。これで関セイラの人生も辛いモノになるかもしれないが、そこは覚悟の上だったのかもな」

露伴は腰をかがめ、持ってきた花束を道祖神の前へ供えた。あの老婦人も育てていただろう、鮮やかな紫色のアリウムだった。

「ハッピーエンドじゃあないが、これも一つの終わらせ方だ」

そう言い残し、露伴は廃墟の庭を去っていく。

不見神事

瑞野《みずの》信士《しんじ》、という男性がいる。

二十九歳、男性。結婚歴はなし。生まれは北海道で今は東京都在住。目立ったところもなく、保健体育の教科書に挿絵として登場するような、人間らしい人間だ。唯一、頭髪の右側だけにウェーブがかかっているのが特徴。寝癖が取れなくなったらしい。

彼は漫画家である岸辺露伴《きしべろはん》の担当編集者だが、所属は漫画雑誌ではなく、男性総合誌だ。普段はブランド物のカバンや靴、あるいは時計にグルメといった〈オトナの趣味〉的な記事をまとめている。この雑誌に、露伴が『少年漫画でも、青年漫画でもできない趣向に挑戦するつもり』で描いた短編漫画が掲載され、なかなかに好評を博したことがある。そのため担当の瑞野は次なる原稿を求め、露伴と目下交渉中にある。

以上、瑞野のプロフィールで他に語るべきことはない。

この話において、瑞野が特別な役割を果たすことはない。いや、結果的には瑞野個人の〈物語〉になるのだが、今の時点で重要なのは彼の名前だけだ。それだって意味のある名前ではない。ありふれた名前だ。姓名判断の結果としては、天格が大吉で、人格と地格が共に大凶。だからといって、そういう運勢の話でもない。

ただ、もしも彼の名が瑞野信士でなかったなら、やはり〈運命〉は変わっていただろうか。それとも――。


露伴先生、と、対面に座る瑞野が訝《いぶか》しげな声を出した。

「今、僕のこと呼びました？」

余計な力が入ったのか、瑞野の割り箸につままれた蕎麦《そば》がプツンと切れた。途切れたものは蕎麦猪口《ちょこ》へ落ちていく。黒いツユが跳ねる。

露伴が一瞬だけ視線を向ければ、瑞野がキョロキョロと周囲を見回していた。

昭和じみた風情を残す蕎麦屋は、この日を待ちわびた無数の客で埋め尽くされている。客層はまちまちだが家族連れはいない。いかにも通人《つうじん》ぶる一人客か、あるいは露伴たちのような取材目的の人間ばかりだ。

「ねぇ、露伴センセェ？」

瑞野の呼びかけを無視し、露伴は音を立てて蕎麦をすする。

蕎麦の香気《こうき》が鼻に抜ける。挽《ひ》きたて打ち立ての十割蕎麦だ。管理された早生《わせ》品種のみで作られた蕎麦は、穀物としての濃厚な旨味を閉じ込めている。口に含んで数度も噛めば、生唾が湧くような爽やかな甘みが感じられる。ツユだって、蕎麦の風味を邪魔しない、濃口ながら雑味のない代物《しろもの》だ。これも名店ならでは、出汁《だし》には本枯れの鰹節を使い、ゆっくりと煮出しているのだろう。

まさしく絶品。より深く味わいたくなる。瑞野の言葉を無視するには充分すぎる理由。

「あ、ほら、また僕の名前。知り合いでもいるのかな?」

「あのなァ、瑞野君」

ようやく露伴が返事をすると、瑞野が目をパチクリとしばたたかせた。善良そうな顔で、露伴からの答えを期待しているようだった。

「先に言っておくが、僕は君に感謝しているんだ。一年に一度しか開けないせいで、三年先まで予約で一杯の蕎麦の名店、世間じゃ幻の蕎麦屋って呼ばれてるヤツをさ、こうして予約してくれたことも、その店がある山奥まで車を五時間も走らせてくれたことも、だ。何もかも僕の漫画に役立つと思って手配してくれたんだろう?」

「いえいえ。ちょうど雑誌で蕎麦特集をやるもので。それに僕が予約したのは二年前です」

「そういう正直なトコも嫌いじゃあないが、だったら素直に蕎麦の味に集中するんだね。僕も正直に言うが、さっきから気が散って仕方がない」

露伴からの注意を受け、瑞野が神妙そうに頷《うなず》く。

やっと理解したか、と露伴が再び盛り蕎麦に手をつける。今度は薬味のワサビを少しだけ蕎麦にのせ、少量のツユで楽しむ。これがマナーだとは言わないが、より多くの食べ方を試したかった。

「あ、また僕の名前が」

「瑞野君さァ！」

思わず露伴は苦い顔をしたが、それと同時に背後から聞こえてきた声があった。

「明日のミズノシンジはどうする？」

確かに、そう聞こえた。

瑞野は声の主を視線で追い、露伴も気になって後ろを振り返る。すると店を出ていく二人組の姿があった。共に作業着姿だ。あまり気にしていなかったが、店の雰囲気とはそぐわない恰好。

「もしかして僕、呼ばれてました？」

「いや……」

聞き間違いだ、とは言えなかった。露伴の耳にもしっかりと、ミズノシンジという音で聞こえていた。同姓同名がいて、その人物への言及だろうか。それにしては不自然な物言いだ。

「何も、わからないが」

露伴は惜しい気持ちで蕎麦をすする。もはや蕎麦の味も褪《あ》せてしまった。それ以上に興味深いものと出会ったからだ。

ミズノシンジとは、一体何なのか。


山道をターコイズブルーのミニバンが駆けていく。練馬《ねりま》のナンバープレートは地元の人間でない証《あかし》。

幻の蕎麦屋を出て小一時間、瑞野は露伴を助手席に乗せて、ひたすらに車を走らせていた。

「調べれば簡単にわかることだった、が」

それまでスマートフォンを弄《いじ》っていた露伴が、顔を上げて窓の外を見た。

切り立った法面《のりめん》と錆びついたガードレール、生い茂る緑の木々。カーブに差し掛かれば、木立の隙間から谷底を流れる川が見える。対向車も後続車もない、たった一台きりで走る峠道。

「ミズノシンジってのは――〈不見神事《みずのしんじ》〉。漢字で書くと不可能の不に見る、神社なんかで行われる神事。つまり、見ることのできない神事って意味だ」

「それが僕の名前と読みが同じだっただけ、と」

ハンドルに手を置きながら、瑞野が納得したように「ウゥン」と息を吐いた。

「音だけ聞いたんじゃあ意味はわからなかったな」

一時間ほど前、露伴は蕎麦屋の駐車場でミズノシンジの答えを探ろうと思い立ち、スマートフォンを使って検索した。

しかし、出てくるのは瑞野の名と同様に、各方面で活躍しているミズノシンジという人間のプロフィールばかり。それがダメ元で、蕎麦屋の名前と組み合わせて検索すると、不意に〈不見神事〉という語に突き当たった。

「説明している個人サイトがある。どうやら、あの蕎麦屋は元々、近くの集落で行われる〈神事〉に合わせて店を開けていたようだな。神事が一年に一度だから、蕎麦屋の方も一年に一度だけ開くようになり、幻の蕎麦屋として有名になった」

「ってことは、店にその集落の人がいたんですかね。もしかして、その集落の人なら予約なしで蕎麦を食べられるのかなぁ？」

呑気《のんき》なことを口にする瑞野に、露伴は困ったように唇を曲げる。

「ナァ、あのまま蕎麦の取材を続けた方が良かったかい？　車を出して、その集落を見に行きましょう、って言い出したのは君の方だぜ」

「そんなそんな。本当に、僕の方が無理を言って付き合わせてしまいました。どうしても気になっちゃって。その〈不見神事〉ってお祭りが」

蕎麦屋の駐車場でも聞いた答えだ。これこそ瑞野の偽らざる本心のようだ。

露伴が話を聞いたところによると、瑞野は大学で歴史学、それも日本の中世文化を専攻していたらしい。手掛ける雑誌では最新のモードやトレンドやらを謳《うた》い、現代的な消費文化を扱っているにもかかわらず、だ。

だから、と露伴は思考する。

（取材の目的地が変わろうと僕は問題ない。むしろ気に入った。なんの特徴もないと思っていた男が、鼻息を荒くして自分の興味を語る。取材旅行を延長するのに充分な理由だ。それに――）

「それに」

と、露伴の思考をなぞるように瑞野が口を開いた。

「露伴先生としても、どっちが興味あります？　一年に一度だけ食べられる蕎麦と、一、一生に一度だけ見ることのできる神事……」

やや挑発的な問いに、露伴は鼻を鳴らしてから答える。

「後者だね、断然ッ！」

「ですよねェ～！」

意気投合した笑いが車内に響いた。そこで車がカーブに差し掛かり、露伴たちの体が遠心力に振られる。左右に広がっていた木立が途切れ、午後の日差しが車内に入り込んでくる。

「別に蕎麦が悪いってんじゃあない。僕なら、街の蕎麦屋を題材にしても面白い短編漫画を描く自信がある。だが、漫画にするアイデアはいくらだって欲しい。特に、奇妙な風習や文化は恰好の題材だ」

露伴は再び自身のスマートフォンに目を落とした。そこに表示されているのは、例の〈不見神事〉を解説している個人サイトだ。

「この〈不見神事〉は、集落内の小さな祭りらしいな。だから、外部の人間に見せないのは当然だ。だが例外もある。集落の外から来た人間であっても、人生で一度だけは見てもいいことになっている。この解説を書いた人間も、かつて一度だけ参加したようだ」

「面白いですよね。参加者は写真を撮られて、名前と住所を書かされたりするんですかね」

それなりに重要な指摘だったが、そんな瑞野の言葉には反応せず、露伴はさらにウェブサイトの内容を吟味していく。

「まず名前の通り、この〈不見神事〉は『決して見てはいけない』らしいな。つまり、見た内容を外部に漏らしてはいけないんだ。ネットの情報では、どういう儀式なのか詳細はわからない」

「一般的な神事を想像するなら、神社で神様を招いて、五穀豊穣《ごこくほうじょう》を祈ったりするんでしょうが。というより、いきなり行って参加できるものなんでしょうか」

さてね、と露伴がすげなく言う。

「だが、蕎麦屋じゃあ『明日のミズノシンジ』と言っていたからな。タイミングとしては問題ないだろう。ちなみに瑞野君、明日の仕事は？　僕はもちろん仕事は終わらせて来てるが」

「こちらも問題ありません。東京に帰るのは明後日のつもりでしたので。っと、ちょうど見えてきましたね」

山道は下り坂となって伸びていく。左手には深く広がる谷があり、中心を細い川が通っている。電線を架けた鉄塔、区切られた田畑、そしてポツポツと家屋が並び、集落の形が露わになってくる。

「先に展望スペースがありますね。少し休憩しましょう」

車線の前方に小さな駐車スペースがあった。自動販売機が二台だけあり、その横に観光地などで目にする類《たぐい》の案内板が設置されている。ちょうど谷を見下ろす位置にあるから、そこから集落の全景を見渡せるだろう。

「ほら、見てくださいよ、露伴先生！」

車を停めるなり、瑞野はそそくさと外へと飛び出していった。露伴も車を降り、瑞野の後を追う。見れば、彼は案内板を嬉しそうに眺めていた。

「周辺の地図と、集落の名前が書いてあります」

やけに興奮する瑞野をよそに、露伴も案内板に書かれた文字を口に出して読んでいく。

「ようこそ、落人《おちうど》伝説の村――〈五ケ谷《ごけだに》〉へ、ね」

ふと風が吹いた。肌寒さを覚える、錦秋《きんしゅう》の風だ。

展望台から谷を見下ろせば、まさに〈五ケ谷〉の集落が視界に入ってくる。まばらな人家の他は畑ばかりで、それは作物の色がそうさせるのか、まるで緋毛氈《ひもうせん》を敷いたように大地は赤く染まっていた。


車で〈五ケ谷〉へ入ってすぐ、目ざとい瑞野が旅館を発見した。

「これで車中泊しないで済みますね」

などと言いながら、瑞野は大通りに面した旅館の駐車場に車を寄せる。周囲の平屋建ての家屋とは違う、二階建ての立派な和風建築の旅館だった。ブロック塀に掲げられた看板には〈とろせや〉と、色褪《いろあ》せた字で記《しる》されていた。

「泊まれるか確かめてきます」

露伴を駐車場に一人残し、瑞野は旅館へと消えていった。

「旅館〈とろせや〉か。奇妙な屋号だが……」

呟きつつ、露伴はターコイズブルーのミニバンに背を預ける。スマートフォンを使い、仰角《ぎょうかく》で旅館の全景を撮影しようとしていた。

一通りの撮影が終わると、今度は振り返って集落の風景を撮影し始める。最近のスマートフォンはカメラも優秀だから、取材の資料を撮るには充分だ。

ただし、文明の利器にも弱点はある。

「この集落、圏外みたいだな」

改めて〈五ケ谷〉の情報を調べようとした露伴だったが、インターネットブラウザは一向にページを読み込まない。こうなってはスマートフォンの機能も半減以下だ。

フゥ、と露伴が溜め息を吐《つ》く。

「最近はさァ〜、日本全国、どんな過疎地域だろうと基地局を置いて、圏外ゼロを目指してるって聞くぜ。いや、でもかえってイイのかもな、デジタルデトックスってヤツか？情報社会から離れてさ。そこんトコ、どう思う？」

独り言は途中から呼びかけになっていた。ちょうど瑞野が旅館から出てきたのを見かけたからだ。

「旅館のロビーでパソコンは使えるみたいですよ。光回線です」

「あ、そ」

鷹揚《おうよう》さをみせる瑞野に対し、露伴はつまらなそうに口を尖《とが》らせた。

「それで、泊まれそうかい？」

「大丈夫みたいです。ただ、部屋の準備をするから三十分くらい時間を潰してきてくれ、とのことで」

露伴が鼻を鳴らす。何も無い村で過ごすのは、もしかしたら人によっては苦痛だろうが、露伴に限ってはそうでもない。三十分というのも絶妙だ。旅館側の気遣いすら感じられる。

「それなら僕は取材がてら散歩でもするが、君はどうする？」

「ご一緒します。これでも意外と興奮しているもので」

奇妙な返答だったが、これまた瑞野の本心らしい。

旅館の駐車場から出て、ほんの数分でも歩けば、瑞野がいかに〈五ケ谷〉を興味深く思っているのかが伝わってきた。

「そもそも、落人伝説というのはですね、源平合戦で敗れた平家の残党が隠れ住んだ里を示すもので、日本全国に点在しているんです」

露伴がスマートフォンで集落の家々を撮影していく中、その横で瑞野は楽しげに〈五ケ谷〉についての考察を始めていた。なかなかどうして、歴史にロマンを感じるタイプだったらしい。

「落人伝説のある集落は、どれも似たような名前をしてるんです。熊本の〈五家荘《ごかのしょう》〉や富山の〈五箇山《ごかやま》〉とか。この〈五ケ谷〉も、その一つなんですよ」

「偶然じゃあないのォ？」

「確かに、露伴先生の仰《おつしや》ることもわかります。元から人里離れた地域をゴカとかゴケって呼んでいて、だからこそ逃げ延びた人間が隠れるのにうってつけだった、という順番かもしれません」

瑞野の熱弁ぶりをよそに、露伴は民家の並びや田畑に続く畦道《あぜみち》を写真に収めていく。どれも自身の漫画に必要な資料だ。アシスタントを雇わない露伴にとって、精緻な背景を描くための素材はいくらあっても困らない。

「あと旅館の女将《おかみ》さんに訊いたんですが、この〈五ケ谷〉もバブルの頃は……、うん、近くにゴルフ場があったからかな、意外と観光地として人気だったそうで。その頃に落人伝説の里みたいなキャッチフレーズがついたとか。だから、ここが本当に落人伝説の里かは、また別の話で――」

「蕎麦だ」

ふと漏らした露伴の声に、瑞野が「え？」と反応する。

「見ろよ、刈り終えた蕎麦畑がある。谷の上から見た時に、赤く見えていた畑だ」

集落を歩くうちに、人家から離れて畑が広がる区画へと出ていた。横を見れば、赤茶色の植物に覆われた畑が広がっていた。

「蕎麦の花は白いが、その茎《くき》は赤いからな。収穫後は一面が赤く染まる。血の池みたいだ、って言うと不気味に聞こえるな。ちと陳腐だが谷底の赤絨毯《あかじゅうたん》とでも表現しておこう。なかなかに壮観だ」

感心したように、露伴は続けて何枚も写真を撮る。一方の瑞野としては、作物の方は興味の範囲外なのか、大人しく露伴の撮影が終わるのを待っていた。

「で」と、露伴がスマートフォンを構えつつ尋ねる。「肝心の〈不見神事〉については訊いたのか?」

それが、と瑞野から芳《かんば》しくない調子の返事。

「明日の夕方から、近くの神社で行われるのは確からしいんですが、それ以外のことは何も教えてくれなくて」

「フゥン」

露伴は改めて周囲を見渡した。

聞こえてくるのは集落の端を流れる川のせせらぎ、風に揺れる雑草の葉擦《はず》れ、あるいはスズムシの鳴き声ばかり。黒い羽の蝶がユラユラと視界の隅を飛んでいく。

「地元の人間がいたら、〈不見神事〉について尋ねてみようと思っていたが、どうにも人の気配がないな。日の入りが近いから、農作業なんかで外に出る理由がないにしても、集落に入ってから一人もすれ違ったりはしなかった。なんだか異様なカンジだ」

「いや、そうでもなさそうですよ。ほら、露伴先生」

露伴の脇から瑞野が手を伸ばす。蕎麦畑の一角を指しているようだったので、そのまま画角を変え、スマートフォン越しに彼の示す先を見る。

「第一村人発見です。あ、僕は女将さんと会ったから二人目か」

どうでもいい言葉は聞き流し、露伴も瑞野が見る人物を確かめた。

彼の言う通り、蕎麦畑の畔道を一人の女性が歩いていた。露伴たちのいる村道を目指しているようだ。黒いロングヘアを左手で押さえながらも、やや古臭いワンピースの裾を風になびかせている。年齢は二十代前半といったところ。

「キレイな人だなァ……」

瑞野の言う通り、都会でも目を引くタイプの女性だった。顔の美醜ではなく、まるで空から糸で吊られているように、背筋をピンと伸ばして歩く姿が美しく、印象的だった。地に足がついてないとか、浮世離れしている、という言葉で表現してもいい。

「なるほどね、自信たっぷりってカンジの足取りだ。村の雰囲気に合わせようとも思っちゃいない。かといって観光客でもない。荷物を一つも持ってないからな」

なおも見惚《みと》れている瑞野と、やや訝しげな露伴。二人のことは視界に入っているだろうが、女性はまったく気にする様子もなく歩いてくる。まるで気高い猫が、人間如きに意識を向けないといったように。

だから、露伴に小さな反骨心と悪戯心《いたずらごころ》が芽生えた。

「失礼、お嬢さん」

あ、と声を上げたのは瑞野だ。抜け駆けされたとでも思っているのだろうが、そんな彼を無視して露伴は女性に近づいていく。

「私ですか？」

キョトン、と目を大きくして女性が露伴を見る。

「もちろん、君以外に誰もいないからな。それとも、お嬢さんって呼ばれるのがイヤなタイプだったりする？」

いくらか喧嘩腰の露伴に、女性はムスと顔をしかめる。

かといって、露伴も本気でからかっているわけではない。お高くとまっていそうな相手に不意打ちを与えたかったのが半分で、もう半分は単純に、地元の人間と話がしたかったからだ。

「イヤ、悪かった。浮かれてるのかもな。お嬢さんは〈五ケ谷〉の人だろう？　ならわかるだろうが、この集落で〈不見神事〉ってのがあるって知って、僕らはそれを見に来てだな……」

露伴の言葉を聞く女性の表情は、不満げなものから一度だけ笑顔に変わり、最後には険しいものになった。それは〈不見神事〉という言葉が出た瞬間だった。

「アレのことは……、話しては、い、い、け、ま、せ、ん」

眉をひそめ、女性は口元に指を持っていく。

「あの〈神事〉は『目に焼き付けてはいけない』し、『口で語ってはいけない』のです」

「なんだって……？」

女性は憐《あわ》れむような視線を露伴と瑞野に送ってくる。

「これは〈決まり事〉です。他にも『耳に残してはいけない』し、『手で描いてはいけない』んです。何より『気にしてはいけない』……」

有無を言わせない強い言葉があった。

だから露伴は、その先を訊けなかった。女性は、さも残念そうに溜め息を吐いてから、露伴たちに背を向けて村道を歩いていく。

不意にサイレンが響いた。午後五時を知らせる時報だが、陰鬱な夕空を割《さ》く音は、何より不吉に聞こえてくる。

「ハッ⁉」

音に気を取られていた露伴が、再び村道へと視線を戻す。隣の瑞野も同様の動きをしていた。

しかし、女性の姿はすでになかった。

旅館〈とろせや〉の女将は、瀞瀬香織《とろせかおり》という名だった。いざ漢字で見れば、屋号の奇妙さを感じることもなくなった。

「遠路はるばる、こんな何もないところへ、まぁ」

五十路《いそじ》は超えているだろうが、随分と都会的で若々しい雰囲気の女性だった。細身のせいもあるだろうが、和服もあまり似合ってはいない。どちらかと言えば、ドレスをまとって夜ごとのパーティーに繰り出すようなタイプだった。

そんな女将が、一人で露伴の部屋に夕食を運んできてくれた。

どうやら仲居は雇っていないらしく、板長の夫と二人で旅館を切り盛りしているらしい。とはいえ、利用者もない昨今は特に問題もない、とのこと。

「大したおもてなしもできませんで。料理も急ごしらえのものばかりで恐縮です」

女将はそう言うが、食卓に並んだ料理は豪勢なものだった。

地元の野菜を天ぷらにし、また山で獲ったイノシシを鍋物として出してくれた。あるいは、あの幻の蕎麦屋から取り寄せたという蕎麦が出てきた時には、露伴と瑞野ともに、言い様のないおかしさに笑いを堪《こら》えることになった。

「ところで」

夕食を終えた頃、まず露伴が女将に話しかけた。

食器を下げるために女将が部屋を訪れ、露伴たちに茶を淹《い》れてくれている最中だった。

「そこの瑞野君が話しただろうけど、僕らは〈不見神事〉を見に来たんですよ。ただ、女将さんはあまり教えてくれなかったとも言ってましたがね」

「あらまぁ、それは」

と、女将が瑞野に視線をやる。彼女は申し訳なさそうに頭を下げてから、再び露伴の方を見た。

「そういう〈決まり事〉なんです」

「つまり『口で語ってはいけない』と……」

おや、と女将が驚いたように口に手を当てる。

「さっき、蕎麦畑で会った女性から聞いたんですよ。だよなァ、瑞野君」

「はい。二十歳くらいの、黒髪の似合う、スラリとした美人で」

何を余計なことを、と、口には出さずに露伴が苦い顔をする。しかし、それを聞いた女将の反応は予想外のものだった。

「それは、きっとウチの娘でしょう。いえ、美人だとか、そういうのは別として、この集落で若いのは娘だけですので。今夜は神社の方にいますが、明日にも挨拶させましょう」

「ああ、いや……」

露伴が辞退しようとするが、それより先に瑞野が「ぜひ」と口走っていた。この反応からすると、いわゆる『一目で恋に落ちた』といった調子だろう。

「それで娘……、笑子《えみこ》というのですが、彼女はなんて言ってました？　きっと『気にしてはいけない』とでも言ったんでしょうね」

「そんな風に言うってことは、女将さんの方は〈決まり事〉を重視してないカンジ？」

「いえ、もちろん〈決まり事〉は大事です。初めて集落を訪れる方に説明するのは、だいたい私ですので。だから、そちらの方にも素っ気ない態度をしてしまいましたが……」

改めて女将が瑞野に頭を下げる。人の好《い》い瑞野も、それを受けて何度も頭を下げている。

「ですけど、笑子から伝えられたなら、私が繰り返して言うほどでもありません。補足するなら『目に焼き付けてはいけない』というのはビデオなどで撮影してはいけないという意味で、『耳に残してはいけない』というのも録音してはいけない、という意味です。娘は仰々しく言ったのでしょうが、その程度の〈決まり事〉です」

ふむ、と露伴。

宗教行事の録画撮影を拒否する、というのは往々にしてあることだ。他の三つの〈決まり事〉も、その二つに合わせて無理に作られたように感じる。

「そういう〈決まり事〉なら、僕らも従いますよ。でも、その〈不見神事〉に、一体どういう謂《いわ》れがあり、どういう目的で行われるかは気になるな……。もし誰か知ってるなら訊いておきたいなァ～、なんてね。おっと、『気にしてはいけない』んだったか」

露伴が冗談めかして問いかけるが、女将は「期待に添えない」とばかりに目を伏せた。

「教えて差し上げたいのですが、私もよく知らないのです。私が〈神事〉に参加したのも一度だけですので、そもそも詳しく説明できないのです」

「それは……、つまり」

「私もよその地域から嫁いできた人間なので、集落の人間ではないのです。もう二十五年も暮らしてますのにね」

そう語る女将の表情は、どこか寂しげなものに見える。

どうやら〈不見神事〉における縛りは相当に強いらしい。たとえ別の地域から移住しようと、よその人間が神事を見ることができるのは一生に一度だけ。実際に神事を執り行う者は、生まれも育ちも、この〈五ケ谷〉の人間だけなのだろう。

だから、当然の疑問も湧いてくる。

「ということは、娘さんは？」

「そうです。笑子は集落の生まれなので、当然というか、神事を行う側ですね。この時期になると、笑子は夫と一緒に神社で準備をしているので、私は一人で寂しく過ごしております」

ホホ、と上品な笑いを添えて、女将が語ってくる。

「そうした訳で、実際に娘が〈神事〉で何をしているのかなど、私には知ることもできません。きっと巫女舞《みこまい》か何かだとは思うのですけど」

「なるほど」

これこそ〈不見神事〉の所以《ゆえん》だ、と露伴は思った。

予想以上に手がかりのない存在だ。名前だけが伝わっており、どういうモノかは参加した人間だけが知ることができる。その正体を巡って、大の大人が二人、こうして振り回されている。まるでフィクションにおける〈マクガフィン〉だ。つまり〈物語〉を動かすためだけに存在している、実態の伴わないモノ、魔法の言葉――。

「色々と言いましたが」

と、露伴の思考を断ち切るように、女将が優しげな声を出した。

「単なる村の秋祭りです、少しだけ変な。外から来る人を遠ざけるようなモノでもありません。数十年前は村も少しは栄えてましたから、多くの人が〈神事〉を見に来たそうで。私のように、そのまま村に住み着いた人も何人かいますよ」

女将が目を細めた。その目つきだけは、あの女性――笑子の憐れむような視線とよく似ていた。

「だから歓迎します。お二人が〈不見神事〉に参加されるのなら、娘に伝えておきます。

神事の案内をするのも、娘の仕事の一つなので」

「ああ、それは……」

「助かります！」

瑞野からは相変わらずの反応。かといって露伴も断る理由はない。

「よろしく、お願いしたい」

女将の優美な笑顔が返ってくる。露伴としては、何か釈然としないものを感じるが、それを上手《うま》く言葉にできない。

これもまた『気にしてはいけない』のだろうか。


夜の旅館に、ペタペタとスリッパの音が響く。

（他に宿泊客もいないのだから、二部屋取っても良かったんだがな。ま、瑞野君が旅館側の手間を考えたんだろうさ。彼はお人好しだからな……）

薄っすら灯る廊下の光の下、露伴が思案顔で歩いている。

夜の九時頃まで瑞野と簡単な打ち合わせをしていたが、明日に備えて彼は早々に寝てしまった。今日一日、ずっと車を運転してきたのは瑞野だ。さすがの露伴でも、ゆっくりと寝させてやりたいという思いがある。

かくして始まったのが、無意味な夜の散歩であった。

(別に、担当編集に気を遣うつもりもないが、そもそも部屋ですることがない。日帰りのつもりだったから本も持ってきちゃいないし、スマホも圏外だしな)

二階から一階へ。赤絨毯の敷かれた階段を下り、ロビーとは反対方向にある浴場側の廊下を辿る。

やがて露伴は浴場横にある休憩スペースに入っていく。光源は廊下側の電灯と、ジィジィと機械音を放つ二台の自販機のみ。自販機のラインナップは缶ビールとジュース類。どのタイミングで商品を入れ替えるのか知らないが、売っているからには新品なのだろう。

(深夜の旅館に一人。こういう空気、意外と悪くない……。祖母が旅館を経営してたから、刷り込みもあるだろうが)

色褪せた壁紙と毛羽立った絨毯に染み付いたタバコの臭い。今は見る影もないが、数十年前には多くの旅行客を泊めていたのだろう。往時の賑わいに思いを馳《は》せつつ、露伴は自販機で購入したミネラルウォーターに口をつける。

夜の静かな空気に、露伴はしばし身を預ける。聞こえるのは水が喉を通る音と、自販機から絶えず放たれるノイズだけ。

(おや?)

ふと、その音の中に別の音が混じっているのに露伴は気づいた。休憩スペースから出て、興味のまま音の出どころを探る。どうやら、その音は薄暗い廊下の向こう、消灯したロビーから聞こえてきた。

（ああ、パソコンがあると言っていたな）

露伴の予想通り、ロビーの壁際に奥まったスペースがあった。

壁に接するカウンターデスクにパソコンが置かれている。あとは埃《ほこり》をかぶったデスクライトと椅子が一脚のみ。モニターから漏れた光によって、この一畳ほどの空間だけが淡く照らされている。音の正体は、このパソコンの作動音だった。

（こうした旅館の備え付けだから、てっきり時代遅れのパソコンかと思っていたが……）

予想外だったのは、据え置かれているパソコンが比較的に新しいものだということ。高価というほどでもないが、一般的なオフィスで使われる程度のデスクトップPCだった。

露伴は椅子に腰掛け、まずデスクライトを灯す。何気なくエンターキーを押せば、モニターの待機画面から切り替わり、青い無機質な壁紙が表示される。

（余計なソフトとかもないな。通販で買わされると勝手にインストールされてるようなヤツだ。最低限なものだけ。ただ、インターネットは使えるんだったか……）

この〈五ケ谷〉に入って以来、スマートフォンが圏外となり、世間の動向を追えなかった。だから露伴としては、どこかのタイミングでパソコンを使って調べ物をするつもりだった。

（ネットサーフィンで時間を潰すつもりはないぞ。一通りのニュースを確認して、それから……）

画面上部にある検索ボックスをクリックし、露伴はそこに〈不見神事〉と打ち込んだ。

検索サイトに表示されたのは、先にスマートフォンで見た内容と同じだが、今回はゆっくりと調べることができた。

（どうやら〈不見神事〉に言及しているサイトは、全体でも三件だけらしいな。他は類似の内容を引っ張ってきているだけだ）

検索結果の上位から順に、露伴は〈不見神事〉についての情報を集めていく。

一つ目は幻の蕎麦屋に言及し、近くの集落で〈神事〉があると紹介しているもの。二つ目が〈五ケ谷〉の歴史をメインに紹介し、小さく〈不見神事〉を扱っている。そして三つ目は未見だったが、そのサイトが最も〈不見神事〉について詳しく解説していていた。

（民俗学系の考察サイトのようだな……。いわゆる『見てはいけない神事』についてまとめている）

サイトの記事には、まず愛知県の〈寝祭《ねまつ》り〉や出雲大社《いずもおおやしろ》の〈見逃《みに》げ神事《しんじ》〉、隠岐《おき》の島《しま》の〈でやんな祭《まつ》り〉といった例が示されている。理由は様々だが、基本は『祭りで神が現れるから、それを見てはいけない』という説明がなされる。不心得者を戒める目的で『見れば祟《たた》られる』や『目が潰れる』といった脅し文句も付いてくる。

〈サイトにもあるが、八重山《やえやま》諸島の〈アカマタ・クロマタ〉もそうだ。こういうのは来訪神というらしいな。つまり外の世界から来て、共同体を豊かにする神だ。これは神の姿を撮影してもいけないし、書き残してもいけない。何より口外してもいけないという……〉

画面に表示されている写真は、どれも神社の外観ばかりで〈神事〉の様子や神の姿などは写されていない。

〈要は『神の姿を見てはいけない』という考え方だ。物忌《ものいみ》というんだったか、住人たちは〈神事〉の間、神と遭遇しないように家に籠《こ》もるんだ〉

フフ、と露伴が小さく笑う。

〈僕は神といったモノに敬意を払う。そういった絶大なパワーを持った〈何か〉が存在すると理解しているからだ……。一方で自分が、『見るな』と言われたら、何としても見たくなる性格なのも理解している。そういう意味で『一度だけなら見てもいい』っていうのは、ちょうどいい塩梅かもなァ～、なんて……〉

様々な秘祭を紹介するサイトの最後に、この〈五ケ谷〉の〈不見神事〉についても書かれていた。紹介文は簡潔で、他で調べた内容以上のものは出てこない。とにかく実際に〈神事〉を見た人間以外は、その内容を伝えられないという。

記事の最後には、まるで露伴の心情をなぞるように『人生に一度だけなら、誰であれ見られるので、アナタもいかが？』といった煽《あお》り文句があった。

――プツン、と。

不意にモニターが消え、黒い画面に露伴の顔が反射する。

そして背後に佇む、白い顔をした女性の姿も、また。

「はっ！」

思わず露伴が椅子から立ち上がり、壁を背にして振り返る。机についた手がデスクライトに触れ、周囲に光が揺らめく。

「………………」

白い顔をした女性が佇んでいる。

長い黒髪に赤い唇。整った都会的な顔立ちの女性が、今は巫女装束を身にまとっていた。

「君は、ああ……、女将さんの娘の……」

彼女こそ夕方に出会った女性。女将の娘である笑子だ。

「無言で背後に立っていたのか、息も殺して？　結構な趣味だ。夕方の意趣返しだったのなら、ほら、大成功だ」

笑子は笑いもせず、ジッと露伴の顔を見つめている。周囲の暗さに溶け込むような、陰鬱な雰囲気だった。

「おいおい、なんか言ったらどうだ。それとも、こう言ってもらいたいのか？　あ〜、驚いたなァ！　びっくりしたァ！」

「岸辺、露伴……」

大きく口を動かすこともなく、笑子はそう呟いた。

「なんだって？」

露伴が訝しげに眉を動かす。その反応に満足したのか、笑子は唇を吊り上げて微笑《ほほえ》んでみせた。

「やっぱり露伴先生。漫画家の」

「おい、君は――」

「顔だけ知ってる。ただ作品は読んだことがないから、私はアナタのファンではない。でも読むわ、必ず。電子書籍でいいなら、もう買ってあるから……」

思わず露伴は息を呑む。この女性に、何もかも見透かされているような感覚がある。笑子の黒い瞳が監視カメラのように、等間隔で左右に振られる。

「今、露伴先生は驚いてる。こんなスマホも使えない田舎で、自分を知ってる人間がいるとは思ってなかった。そうでしょ？」

「それは……」

「何も無い田舎だし、私は都会に出たこともない。でも不便はしていない。必要なモノは通販で買うし、普段はウェブデザイナーの仕事をリモートでやってる。世間で流行ってるものだって知ってるつもり。動画のサブスクだって三つも入ってる。最近のお気に入りは〈ブリジャートン家〉……」

一方的に話してきたかと思うと、笑子は露伴に背を向け、暗いロビーへと歩き始める。巫女装束の緋袴《ひばかま》と絨毯の色が重なり、輪郭がぼやけていく。

「神社に戻ります。荷物を取りに来ただけですので」

「あ、おい！」

露伴からの呼びかけを予知していたかのように、笑子はピタリと足を止めて振り返る。

「今、露伴先生は〈不見神事〉のことを調べてたんでしょう？　見てたから、わかりますよ……」

グッ、と露伴が言葉に詰まる。それを見てから、笑子は再び暗闇に向き直り、音もなく、しずしずと歩いていく。

「〈決まり事〉のその一。『不見神事を気にしてはいけない』……。その二、『不見神事を気にしてはいけない』……」

「それって〈ファイトクラブ〉？」

露伴が軽口を返せば、暗闇の向こうから「ウヒッ」と奇妙な笑い声が聞こえてきた。

翌日、予想外の事態が起こった。

「〈不見神事〉に参加できない？」

驚きの声を上げたのは瑞野だった。

午前十時、旅館の女将によって露伴たちは〈五ケ谷〉の集会所まで案内された。すると、集会所から五人の老人たちが現れ、件《くだん》の通告を出してきたのだ。

老人たちの中から、やけに背の高い男性が進み出る。野良着のような出で立ちだが、どうやら〈神事〉を取り仕切る立場にあるようだった。

「笑子ちゃんがね、言ってたんだよ」

ニタニタと笑いながら、老人は露伴の方へ視線を向ける。

「そっちの人ね、漫画家さんだって。もしかして、取材に来た？」

うっ、と露伴は少しだけ言葉に詰まる。だが、下手な嘘を吐《つ》くつもりにはならなかった。怒りが先行したのだ。

露伴は一度だけ溜め息を吐き、威嚇《いかく》するように顎をしゃくった。

「ああ、僕は漫画家で、その仕事にプライドがある。だから自分の漫画に活かすために、アンタらの〈不見神事〉を見に来た。撮影なんかをするつもりはないが、体験として取材はするつもりだ」

その言葉を聞き、背の高い老人は「ヒヒッ」と楽しそうに笑った。左右の老人たちと顔を見合わせ、キャッキャとはしゃぐ様子すら見せる。

「ヒヒ、光栄だなァ〜」

老人が手を叩いて喜んでいた。その反応に露伴は顔をしかめる。

「嬉しいなァ〜、漫画の題材になっちゃうのかな？　おれらの〈神事〉も、これで有名になるかなァ……」

「おい、ちょっと待て」

老人たちが楽しげに話しているなか、露伴は困惑しつつ尋ねる。

「アンタらは……、その……、自分たちの〈不見神事〉を秘密にしたくて、僕の参加を断ってるんじゃあないのか？　僕が漫画にしたら、イヤな気持ちになるから」

そう問われると、背の高い老人は「むしろ」と呟き、そのまま左右の老人と頷き合った。

「う・れ・しィ〜」

五人の老人が息の合った答えを返してくる。

それを聞いた露伴も、やや気が緩み、思わず苦笑してしまう。

「だったら——」

「でも、ダメだ」

冷水を浴びせるように、背の高い老人がすげなく告げる。嬉しそうな表情も掻き消え、人形の如く無機質な顔を向けてくる。

「取材されるなら、こっちもそういう準備をしておく。でも今回はできなかった。だから、ダメだ」

「ああ、なるほど……」

その答えには露伴も頷くしかない。

アポイントもなしに、急に訪れたのは露伴たちだ。落ち度がある。いくら外部に開かれている〈神事〉とはいえ、取材があると知っていれば、相応の準備が必要だったのだろう。

露伴が納得したのを見て取ったのか、老人の表情が朗らかなものになった。

「そういう訳で、今回はご遠慮願いたい、ってコト。今回がダメってだけで、来年以降ならどうぞ。事前に連絡してくれたら正式に招待しますよ。役場のメールアドレスも、後で教えときましょう」

ただ、と老人は視線を瑞野の方へ向けた。

「そちらの方なら、今回の〈不見神事〉に参加してもいいです」

「僕ですか?」

「ええ、アナタは漫画家ではない。だから問題ない。せっかく来ていただいたのに、二人とも追い返すような真似をするのも気が引ける」

瑞野はチラと露伴を見た。不安げな表情だが、どこか無邪気な喜びが滲《にじ》んでいる。

「露伴先生、あの……」

「わかった。君は参加するといい」

露伴にとっても妥協点だった。ここまで来て、二人して何も見ずに帰っては無駄足だ。ここは瑞野だけでも〈不見神事〉に参加し、露伴自身は来年以降に参加する。二回も参加すれば、より詳細な取材にもなるだろう。

それに、と露伴は思案する。

〈僕には〈ヘブンズ・ドアー〉がある。後で瑞野君を本にすれば、彼が見聞きしたモノを読むことができる……〉

自身の体験にできないことは不服だが、瑞野の経験を引き出すことにも価値はある。そこには〈リアリティ〉があるからだ。何より露伴は自らの〈能力〉を信頼している。

「瑞野君」

露伴は瑞野に近づくと、老人たちには聞こえないように耳打ちで囁く。

「僕は旅館で待ってる。君は帰ってきてから〈感想〉を伝えるんだ。〈決まり事〉は守りながらな……」

「は、はいッ！」

トン、と露伴が瑞野の肩を叩いた。

その瞬間、露伴は誰にも見えない角度で〈ヘブンズ・ドアー〉を発動し、瑞野に『〈不見神事〉で見聞きしたことを忘れない』と書き込んだ。

〈念のために〈命令〉も書き込んでおいた……。これで彼は〈不見神事〉を細部まで記録する。カメラやレコーダーよりも、よっぽど優秀に……〉

打てる手は打った。だから露伴は瑞野を老人たちの方へと押し出す。その一瞬、どうにも〈生贄《いけにえ》〉を差し出すような雰囲気が漂ったが、これは気のせいだろう。

「それじゃあ、また後で」

露伴は振り返ることもなく、足早に集会所の前から立ち去った。


ドン、ドン、と遠くから太鼓の音が響いている。

露伴は一人、旅館の部屋に籠もって広縁《ひろえん》の椅子に腰掛けていた。手持ち無沙汰なのは相変わらず。持ってきていたスケッチブックを片手に、窓から見える〈五ケ谷〉の夕景を描いていた。

〈スケッチをするにしても、せめて外に出られたら良かったが。どうにも〈不見神事〉の間は出歩き不可ときた……。ウェブサイトに載っていた情報と同じだな。神の姿を見ないように、住民は家に籠もる……）

　露伴はスケッチブックを閉じ、視線を前に向ける。

　広縁の小さなテーブルには、陶製の灰皿とブックマッチが並んで置かれている。数十年前から何ら変わらぬ配置のように。

（このまま今夜も宿泊することになりそうだ。集落側の都合だから、一泊分の料金でいいと言っていたが……）

　朝方、瑞野と分かれた後に女将から提案されたことだった。十時のチェックアウト時間で前日分の精算も済ませたから、そこから先は、ただ善意で逗留《とうりゅう》を許されている形だ。

（そろそろ六時か）

　露伴が腕時計を確認したところで、集落にサイレンが響き渡った。昨日と同じ、夕刻を告げるための音。前日と変わっていることがあるとすれば、その音に太鼓と笛の音色が混じっていることと、日没時間が少しだけ早くなっていることくらいだ。

（きっと今頃、瑞野君は〈不見神事〉に参加しているんだろうな……。僕にとっては生殺しだ。まるでダイエット中に、隣にいるヤツが美味《うま》そうに料理を頬張ってるのを眺める、そんな気分だ……）

　窓の外に見えるのは〈五ケ谷〉の赤い蕎麦畑と、灰緑色《かいりょくしょく》の山々。遠く東の空は藍色が滲み出し、星が姿を見せ始めていた。

露伴は、旅館一階にある食堂で夕食を食べていた。

大した理由はない。女将に部屋まで配膳させる苦労を考えたのではなく、少しでも変化が欲しかっただけだ。

「フゥン……」

露伴はカレーライスをスプーンで掬《すく》いつつ、食堂全体を眺めている。当然、露伴以外の客はいない。

食堂は板張りの床に数卓の机と椅子が並べられていた。業務用の冷蔵庫の中にはビール瓶が並び、棚には民芸品と日本酒が並べられている。片側は小上がりの座敷で、それこそ居酒屋か食堂の雰囲気がある。

(この食堂も、昔は団体客で一杯だったこともあるんだろう、だが今は見る影もなし。ただ意外と小綺麗にしているな。村の人間が食堂として利用しているとも言っていたが……)

やがて夕飯を食べ終え、露伴は卓上の紙ナプキンで口元を拭《ぬぐ》う。そのタイミングで、調理場の方から女将が姿を現した。

「お味はどうでしたか、岸辺様」

「ごちそうさま。美味《おい》しくいただいたよ」

女将は嬉しそうに目を細め、卓上の食器をまとめ始めている。

「大した料理も出せず、申し訳ありません」

「そうでもないさ。毎食食べる幻の蕎麦より、何気ない家庭料理の方が美味く感じる」

露伴はジョークとして言ったが、実際、この日の昼食も幻の蕎麦屋から取り寄せた蕎麦だったから、半《なか》ば本心だ。さすがに二日間で、同じ蕎麦を三食も食べると飽きてくる。

「ありがとうございます。でも本当、お恥ずかしい……。夫がいれば、もっと旅館らしいお食事を出せたのですが」

「板長をしている旦那さんか。今は〈不見神事〉に参加しているんだったか……」

「はい。夫は〈神事〉で役目がある立場でして……。私が夫と初めて会ったのも〈神事〉の時期でした。私は夫に誘われて〈神事〉に参加したのです。馴《な》れ初《そ》めですね」

ほう、と露伴。女将は食器を片付け、一度は調理場へと消えていく。

「女将さん。不躾《ぶしつけ》だが、その馴れ初めってヤツを訊いても?」

再び食堂に現れた女将に露伴が問いかけた。彼女は台拭きでテーブルを拭きながら、フフ、と誤魔化すように笑った。

「困ります。だって『口で語ってはいけない』ので……」

「ま、そうだよな。ところで女将さん、座敷の方に寄ってくれないか？」

そう請われると、女将は不思議そうな顔をしながらも、座敷の方へと移動する。それを見た露伴も椅子から立ち上がり、もったいぶった調子で彼女へと近づく。

「そう、それくらいの位置でいい」

疑問符を浮かべる女将に向かって、露伴は右手を突き出す。

その途端に、女将の顔に切れ込みが入り、皮膚がめくれるが如く、分厚いページがパラパラと開かれていく。

「〈ヘブンズ・ドアー〉、いきなりで申し訳ない」

顔を本に変えた女将は、意識を失い、ゆっくりと体を後方へと倒していく。露伴はそれを支えつつ、片手で顔のページをめくる。

「親切にしてもらった相手の〈秘密〉を……、こんな手段で知ろうってのは、ちと気が引けるが。だが僕は知りたいんだ。とにかく〈不見神事〉ってヤツを、暴いてやりたくなった……。それに〈決まり事〉だって守ってる。女将は『口では語って』はいないんだ。語るのは精神が書き出した文章で、僕はそれを読むだけ……」

露伴は女将の頬に手を添え、そのページを一枚ずつめくっていく。

『大学生の頃、私は失恋して、傷心旅行で〈五ケ谷〉へやってきた』

本となった女将には、その過去の記憶が文章となって記されている。嘘偽りのない、その人間の経験を記した〈真実〉だ。

「なるほどな、なかなかに情熱的な出会いだ。彼女は……、いっそ自殺でもしようって気分の時があったらしい。崖から飛び降りようとする女将を、今の旦那さんが引き止めた、と……」

さらに露伴はページをめくっていく。

『夫に連れられて、私は〈とろせや〉で過ごすようになった。すると集落の偉い人が来て、私を〈神事〉に参加させると言ってきた。夫は苦い顔をしていたけど、私は意味もわからずに同意した……』

む、と露伴の口から疑問の声。その先にある記述が目についた。

『私は〈生贄〉にされることになっていた』

——思わず露伴の手が止まる。

『自殺する予定だったのだから、どうせなら〈神事〉のために死ねという。それを命がけで止めてくれたのが夫だった。夫のおかげで、今の〈神事〉では〈生贄〉が必要なくなったらしい』

露伴は息を呑み、その顔をしかめる。

「〈生贄〉だと？　この時代に、あり得ないッ！　いや。待て……、何かの隠語なら……。

だが……」

いつの間にか、遠くに聞こえていた太鼓と笛の音は途絶えていた。虫も鳥も、蛙の一匹も鳴いていない。食堂に響くのは、冷蔵庫から聞こえるノイズと時計の音だけで、あとはまったくの静寂。

露伴は、自らの呼吸と心音を意識する。

そのまま、露伴は慎重な手つきでページをめくる。

『夫が私を助けてくれた。あの人は私の命の恩人だ。彼の生まれた〈五ケ谷〉で、私も残りの人生を過ごそうと思う』

フゥゥ、と、露伴は深く長く息を吐く。

「これが馴れ初めなんだ……。信じがたいが、これが〈真実〉ッ！　彼女はこんな、漫画みたいな〈運命的な出会い〉によって、今の旦那さんと結婚し、この集落で暮らすことになった……」

興味と戦慄。その二つが綯《な》い交《ま》ぜとなっていく。

より深く〈不見神事〉のことを知りたいという思いと、どこかで「嘘みたいな話だ」という冷静な感情が、露伴の中でせめぎ合っている。

その時、露伴の意思とは関係なく、女将のページがめくられた。

不見　※今年から改称した
『今年の〈神事〉には、外から来た新しい人が参加するらしい』

奇妙な記述だった。

これまで露伴が〈ヘブンズ・ドアー〉で本にしてきた人間たちには見られなかった特徴。当人とは違う筆跡で、まるで修正文のように赤字で文章が追加されている。

「なんだ……？　まるで校正記号だ。文章が修正されている。こんなモノは見たことがない……。いや、違うッ！」

思わず露伴は女将から距離を取る。どこかから冷たい風が入り込む。

「僕は見たことがあるッ！　僕自身が〈ヘブンズ・ドアー〉で〈命令〉を書き込んだ時と似ているんだ！　個人の精神に干渉し、強制的に作用させる〈命令〉ッ！」

フツ、と小さな異音があった。

しかし未だ、露伴は音の正体に気づいていない。

「修正されているんだ！　これまで普通に〈神事〉と呼んでいたモノは、この記述で〈不見神事〉という概念に上書きされたんだ。だが、どういう意味だ？　今年から改称とは、一体……」

じわり、と女将の顔が不意に赤く染まる。

女将の顔、本となったページ、その中の赤い修正文から、まるで蠟が溶け出すように、粘性の赤い液体が滲み出していた。

「なッ⁉」

血ではない。もっと異様なモノだ。

それ自体が意思を持っているかのような、生物的な動きで赤い粘液が女将の顔から流れ出している。

「これは、なんだ……」

露伴が手を伸ばす。

その手が女将に触れる間近、彼女の顔で赤い粘液がウヨウヨと蠢《うごめ》き、細長い形を作っていく。

『気にしてはいけない』『気にしてはいけない』『気にしてはいけない』『気にしてはいけない』『気にしてはいけない』

赤い粘液が文字の連なりを描き、その文章を露伴に見せつけてくる。

だが、露伴の方が一瞬早く女将の顔に触れた。

それだけで女将の顔は元に戻り、本のページは全て閉じられた。

赤い粘液が飛び散る。しかし、それは周囲を汚すことなく、空中で消え去った。初めから何もなかったかのように。

「どうにか〈命令〉を書き込んだ……。『岸辺露伴に読まれたことを忘れる』と。これで〈決まり事〉は守られたらしい。こちらの〈命令〉が優先された……」

　露伴は疲れた表情で、なんとか女将から離れる。彼女の方も問題はないようだ。今は寝ているだけで、やがて目を覚ますだろう。

「だが、悠長にはしていられない……。この〈五ケ谷〉の〈不見神事〉は、何かヤバい。正体は不明だが、何かしらの〈力〉がある。祟りとか、呪いと言ってもいいような……」

　露伴は瑞野のことを考える。彼を見捨ててでも集落を出るべきか。それより彼自身が〈不見神事〉で、何か不都合な目に遭っていないか。

　直後、思考する露伴の耳に届いた音がある。旅館の表玄関、そのガラス戸をガラガラと勢いよく引く音だ。

　今まさしく、旅館に瑞野が戻ってきた。


　露伴が旅館の玄関まで出てくると、上《あ》がり框《かまち》に突っ伏す瑞野の姿があった。

「おいッ！　瑞野君！」

「あァ？　露伴センセェ……」

ひとまず無事なようだが、身を起こす瑞野の顔は赤く染まっていた。異様な事態に巻き込まれているのではない。その虚《うつ》ろな目と酒臭い息だけで、彼の身に何があったのかは伝わってくる。

「瑞野君、今晩中に〈五ケ谷〉を出る。帰りの支度をするんだ」

「ええ？　僕、お酒呑んじゃってぇ……」

「車なら僕が運転するッ！　いいから、早く帰るんだ！」

情けない表情を浮かべる瑞野を立たせ、露伴は有無を言わさずに二階の部屋へと引きずっていく。

「あまり長居はできない。イヤな予感がするんだ……。今更になって僕も気づいた。もう一日でも〈五ケ谷〉にいると、何か良くないコトが起こる気がする。まるで巨大な生き物の腹の中で、ゆっくりと消化されていく気分だ……」

部屋に入るなり、露伴は二人分の荷物を投げていく。瑞野は酩酊《めいてい》状態で、飛んでくる自分の荷物を受け止める。

「余計なコトは考えないでいい。とにかく〈五ケ谷〉から出るんだ！　車をかっ飛ばすぞ。深夜の山道だろうとッ！」

「ええ？　なんでですかァ、露伴センセェ……」

自身の旅行カバンを手に取りつつ、ふと露伴は瑞野の方を向いた。

「一応、訊いておくが……」

「はい？」

「瑞野君、君は〈不見神事〉で何を見た？　神の姿は見たか？　儀式はどんな特徴があった？」

それは、と瑞野が目を大きく見開く。赤くなった頰をさらに赤くさせ、何かを隠すように口元で笑みを作った。

「いやぁ……、言えません、ごめんなさい。だってェ、ほら、あの〈決まり事〉があってェ……」

「ま、そう言うと思ってたよ」

露伴は瑞野を、いや、彼の背後に潜む〈何か〉を威嚇するように、強く睨みつけた。

「僕らは帰らせてもらう。得体の知れない〈不見神事〉を前にして、ビビって逃げる、そう思ってくれていい……。だがッ！　取材もせずに帰るつもりもない！」

一歩、また一歩と、露伴は瑞野へと近づく。

「僕は自分の漫画に必要だと思ったなら、何にだって飛びつく人間さ。何かがヤバイと感じる直感よりも、早く逃げろと叫ぶ生存本能よりもッ！　僕は自らの〈好奇心〉の方を重視する！　断然にッ！」

露伴は瑞野に向け、その手を突き出す。

「〈ヘブンズ・ドアー〉ッ！　ここで引きずり出してやる！　神の姿でも、なんでも！」

ピシ、と瑞野の顔が中央から左右に割れ、一冊の本のように開かれていく。そのまま彼は背後へと体を倒し、畳の上に仰向けとなった。

「ある意味じゃあ、予想通りだが……」

その異様さは一目でわかった。


『目に焼き付けてはいけない』

『口で語ってはいけない』

『耳に残してはいけない』

『手で描いてはいけない』

『気にしてはいけない』


赤い粘性の文字によって、五種類の〈決まり事〉が無数に書かれている。それらは複雑に重なり、まるで朱で塗りたくったかの如く、瑞野のページ全体を埋め尽くしていた。

「あが……、が……」

意識を失っているはずの瑞野だが、両手を強張《こわば》らせて呻《うめ》いている。水中で息をするように、もがきながらも口を開いていく。

「〈決まり事〉を……、守れ」

それは瑞野の声ではなかった。

暗い谷の底に澱《よど》んだ水から、何者かがゴポゴポと空気を吐く。そんな不快さと陰気さを感じさせる声だった。

「〈決まり事〉は絶対だ」

瑞野の口を通して語ってくる〈何か〉に対し、露伴は冷たい視線を送った。

「だろうな。僕だってアンタらの〈決まり事〉を破るつもりはない。信仰に土足で踏み込むような真似はしない。だが――落ち度があったのはそっちだからな？」

そう言うと、露伴は広縁に置かれたままのスケッチブックと鉛筆を手に取り、瑞野に向かって放り投げた。スケッチブックからは白紙がバラ撒かれ、一方、ペンはクルクルと回転して落ちていく。

そして、ペンは伸ばされた瑞野の足によって掴まれた。

「ああ……？」

こむら返りでも起こしたかのように、瑞野の足がピンと伸ばされた。次に、彼は仰向けに倒れたまま右足の指二本で鉛筆を器用に握り、足元に落ちた白紙に線を引き始める。

「たしか……『手で描いてはいけない』んだったな。他の〈決まり事〉との語呂合わせで〈手〉を指定したんだろうが、人間は足でも描くことはできる」

瑞野が足元で絵を描いていく。無理な体勢、かつ目視もできていないが、その線に迷いはなく正確だった。

「さっき、彼に〈命令〉を書き込んだ。『〈不見神事〉を足で正確に描く』とな……。そしてッ、すでに輪郭は描かれ始めているぞ！　彼が見てきた〈何か〉だ！」

白紙に歪んだ線が引かれていく。子供の落書きにも見えるが、それは確かに人間の形を描いた。

「これは……」

露伴が目にしたのは、笑顔を作る人間の絵。髪の右側だけにウェーブがかかっている、まるで保健体育の教科書に挿絵として使われているような、人間らしい人間。

それは瑞野信士、彼自身の姿だった。

「彼自身が〈不見神事〉……？　いや、まだだ……。瑞野君はまだ描き続けているな……」

一枚目の白紙に自身の姿を描いた後、瑞野はさらに二枚目、三枚目と、足を使って白紙に様々なシーンを描いていく。それらは連続したストーリーとなっているようだった。

「漫画だ、まるで稚拙だが……、確かに〈物語〉だッ！」

一枚目の絵に瑞野が登場した後、二枚目には彼と並んで黒髪の巫女が描かれている。

「この女性は、おそらく笑子だろうが……」

続けて三枚目。神社らしき場所に笑子が立っているが、どういう訳か、その顔に目隠しがつけられている。不安そうに見つめる瑞野の姿と、刀を持った神官の姿もあった。

なおも瑞野は〈物語〉を描いていく。続く四枚目では、漫画的な表現で空想や想像を表す雲型の枠があり、その中で笑子は首を刎《は》ねられていた。血飛沫《ちしぶき》が吹き上がり、刀を持った神官はニコニコと笑っている。

「この〈物語〉は……」

五枚目が完成した。場面は現実に戻り、瑞野が笑子を庇《かば》うように立っている。彼は手でバツ印を作り、刀を持った神官に抗議しているようだった。

「〈生贄〉になる予定だった女性を、一人の男が命がけで助ける。まるで漫画みたいな〈運命的な出会い〉によって、二人は恋に落ちる……」

最後の一枚。そこには瑞野と笑子が描かれている。二人は手を繋いで見つめ合い、周囲を巨大なハートマークで囲われている。

「これは……、細部こそ違うが、女将が経験した〈不見神事〉と同じ内容だ。つまり、そ、い、い、い、ういうコトなのか？」

全てを描き終えた瑞野。露伴は彼が描いた漫画を手にしながら、彼が経験した〈真実〉を推測する。

「〈不見神事〉は〈物語〉の追体験なんだ……。中身はなんでも良い。それこそ〈マクガフィン〉だ。重要なのは、外から来た人間に一度きりの、特別な体験を与えること！〈物語〉に没入させ、まるで漫画の〈主人公〉のような体験を与える！」

露伴は瑞野が描いた絵を強く握る。そこに込められた〈物語〉を恐ろしくも思った。

「そして参加者は自分だけの〈真実〉を信じることになる。何より〈決まり事〉によって、他人に話すことができないからだッ！　なら、その目的は！」

露伴が瑞野に視線を戻した時、その本となった顔面から赤い粘液が染み出していた。女将の時と同様の反応だが、瑞野の場合は勢いが違った。

「ウッ！」

瑞野の顔から、ドクドクと赤い粘液が流れ出す。眼窩《がんか》から、耳から、鼻から、口から、止めどなく粘液が溢《あふ》れていく。ほとばしる血のように、それは畳の上へと広がっていく。

「ああ……、帰りたくなァい……」

瑞野は〈ヘブンズ・ドアー〉の効果を受けたまま大声で叫ぶ。彼は赤い粘液の海に溺れながら、駄々をこねる子供のように手足をバタつかせる。

「笑子さァん……、会いたいなァ、笑子さァん……」

とりもち罠に捕まった哀れなネズミのように、瑞野は赤い粘液から逃れようと必死にもがく。しかし、もがけばもがくほど、彼は粘着質の糸に絡め取られていく。

「ようやくわかってきたぞ……。外から来た人間は〈不見神事〉を通して、漫画みたいな

〈運命的な出会い〉をする。だからこそ〈五ケ谷〉という土地を特別に感じる。新たな故郷にしたくなるほど……」

「アア……、露伴センセェ、どこですかァ？」

赤い粘液によって顔面が覆われた瑞野が、助けを求めるように露伴へ手を伸ばしていく。

「もし〈不見神事〉に参加したのが僕だったら、どうなっていたかな……。〈物語〉を鮮烈に体験し、この〈五ケ谷〉を特別に思うようになり、以後の漫画家生活に影響が出てしまうだろうか？」

なおも溢れる赤い粘液は、ついに露伴の足元まで迫ってくる。思わず露伴は広縁の方へ後ずさり、瑞野から距離を取った。

「――いいや、あり得ないね」

露伴は広縁のテーブルに手を伸ばす。灰皿の横に置かれたブックマッチを掴むと、片手でマッチ棒を引き出した。

「ありきたりな〈物語〉に、岸辺露伴の想像力が負けるはずがない！　だからこそ、お前らは僕が〈不見神事〉に参加するのを拒んだんじゃあないのか！」

シッ、と弾くようにマッチが擦られる。

露伴は手元の火を、瑞野が描いた〈物語〉に近づけた。それだけで紙の端に火がつき、炎は上を目指して燃え広がる。焼け落ちた紙は煙を吐き出し、黒い煤《すす》となって散っていく。

「アアッ！　笑子さァん！」

瑞野の絶叫と共に、周囲に広がる赤い粘液も沸騰するように、ブクブクと無数の気泡を作っていく。

「瑞野君の渾身作だが……、この〈物語〉を残すわけにはいかない。逆に僕も、これ以上は深入りしないでおこう」

露伴は火のついた紙を灰皿へ放った。残された一片は、ジリジリと燃えていく。それと同時に、瑞野の周囲に満ちていた赤い粘液も溶け始め、火の粉じみた粒子となって散っていく。最後に残ったのは、わずかな灰のみ。

もはや〈物語〉を目にする者はいなくなった。


その後、露伴は瑞野を連れて旅館を出た。

足が攣《つ》ったままの瑞野をターコイズブルーのミニバンに押し込み、キーを奪い取ってエンジンをかけた。

「笑子さァん、最後に笑子さんに会わせてくださァい！」

助手席で泣きわめく瑞野を無視し、露伴は〈五ケ谷〉の村道を走った。周囲の民家に灯りはなく、ヘッドライトの光と鉄塔の赤色灯だけを頼りとした。

「ずっと違和感があった……」

車を運転しながら露伴は呟く。別に瑞野に話しかけたのではなく、自身を納得させるために、考えを言語化していく。

「この集落に来てから、出会う住民が少なすぎた。いくら過疎集落だとしても、異様なほどに……。だが、その理由も今わかった。〈神事〉の間、住人は神の姿を見ないように家に籠もっていたんだ」

車がカーブする。村道を抜け、峠へと入るための坂があった。

「この〈不見神事〉における神とは、つまり僕と瑞野君だった。外から来て、共同体を豊かにする来訪神なんだ」

集落から出る最後の瞬間、ヘッドライトが坂道の脇に立つ人間を照らした。巫女装束を着た、黒髪の女性だった。

「ああ……」

瑞野の呻き声があった。彼は窓に顔を押し付け、車の背後を名残惜しそうに見ていた。

一方の露伴は、無言のままアクセルを踏む。サイドミラーに映る人影に見覚えはあった。

だが、あえて『気にしない』ことにした。

それから三か月後、年も明けたある冬の日、露伴は再び〈五ケ谷〉を訪れた。

レンタカーを借り、自らの運転で山道を駆けた。今回の旅は一人きりで、助手席に乗せるべき人間はここにいない。


『退職のご挨拶』

昨年末、そう題されたメールが露伴の元に届いた。差出人は瑞野だった。

『私事で恐縮ですが、このたび、一身上の都合により退職する運びとなりました。直接ご挨拶すべきところ、メールにて失礼いたします』

どうやら瑞野は突如として出版社を去ったらしく、後日、編集部から届いたメールには、後任担当が決まった旨《むね》と「瑞野の行方を知りませんか?」という疑問が記されていた。

「こういう時に言うべき言葉はどっちだろうな。『まさか』か『やはり』か……」

峠の道を車が走っていく。道の先に見えるのは、あの幻の蕎麦屋だった。当然と言うべきか、今の時期は店も閉まったままで、屋根には薄っすらと雪が積もっていた。

〈瑞野君の行き先に心当たりはある。その確認のため、そして何より答え合わせのため……、僕はもう一度だけ〈五ケ谷〉に行く〉

やがて露伴の運転する車は〈五ケ谷〉の境界へと至った。

そのまま村道に入る坂道を下っていると、前方に一人の女性が立っているのに気付いた。風になびくのは瀟洒《しょうしゃ》なコートと赤いマフラー。いつかの繰り返しのように、彼女は長い黒髪を片手で押さえている。

あの時、あの瞬間、露伴たちが〈五ケ谷〉を出た際と同じ場所に、彼女が——瀞瀬笑子が立っていた。

露伴は坂道を下りたところでレンタカーを停めた。車から出ると、肌寒い谷底の空気が頬を刺してくる。

「お待ちしておりました。露伴先生」

「まさか、三か月ずっと立っていたわけじゃあないだろう?」

露伴の冗談に笑子は微笑む。

「蕎麦屋の方から連絡がありました。きっと露伴先生が行くだろう、と。峠を通った車は、全て〈五ケ谷〉の人間に知らせることになっているので」

「なるほど。大した情報網だ」

ウヒっ、と笑い声を漏らしてから、笑子は背を向けた。

「歩きながら話しましょう」

笑子はツアーガイドのように手を挙げてから、ゆっくりと〈五ケ谷〉の中心へ向かっていく。

後を追う露伴は、何気なく左右に視線をやった。

以前とは違う集落の雰囲気に、どこか安堵し、また一方で落胆した。

「今日はやけに賑やかじゃあないか」

露伴の言葉通り、集落には人々の姿があった。見渡しただけでも十人ほどの人間がおり、彼らは村道の雪かきや、側溝の掃除に追われているようだった。

「昨日が大雪だったもので」

先を行く笑子の背中越しに、蕎麦畑らしき広い空間が見えた。あの赤絨毯のような景色はすでになく、全てが雪化粧に覆われていた。

それで、と露伴が笑子に呼びかける。

「僕なりの結論だが……。つまり〈不見神事〉は、瑞野信士という人間のためにだけに作られた架空の〈神事〉だった。違うかい？」

雪を踏む音が続く。笑子は否定も肯定もせず、ただ前を向いて歩いていく。

「もちろん昔から〈神事〉はあったんだろうが、〈不見神事〉って名前になったのは前回からだ。ところでウェブサイトってのは、いつ作られたかが簡単にわかる。それで〈不見神事〉に言及しているサイトも調べてみた。すると一番古いものでも、たった二年前とき
た。大層な歴史があるように書いてあったがな。そういや、アンタはウェブデザイナーの

仕事をしてるんだっけ？　最近どう？」

　笑子は何ら反応することなく、ただ道を歩いていく。この道は露伴も覚えている。あの旅館〈とろせや〉へ向かう通りだ。

「それで……、そう、さっきの蕎麦屋の話を聞いて確信したよ。二年前なら、ちょうど瑞野君が幻の蕎麦屋を予約した時期だ。アンタらは瑞野信士という名前を知り、その読みと同じ名の〈不見神事〉を創作した。そして〈神事〉の当日、蕎麦屋に集落の人間を忍び込ませ、わざとらしいくらいにミズノシンジの名を連呼した。もっと直接的に反応したら、きっとそいつらが案内したんだろうな」

　そこから先は露伴も知っての通りだった。

　歴史にロマンを感じるタイプの瑞野は、案の定、自分と同じ名の〈神事〉に興味を持ち、導かれるように〈五ケ谷〉へと足を運んだ。もしかすると、彼の経歴すら調べられていたのかもしれない。

「アンタたちは、最初から瑞野君を〈五ケ谷〉へ誘《おび》き寄《よ》せるつもりだった。その理由は――」

「この時期になると」

　露伴の言葉をさえぎるように、笑子が声を張った。

「いつも大雪が降るんです。集落全てが雪に埋もれるくらいに。だから、雪かきや雪下ろしをずっとする。でも、住人は年寄りばかり。去年だけでも、雪下ろし中に腰の骨を折った人が二人も出た……」

「何が言いたいんだ？」

「つまり、彼みたいな人が求められていた。若くて元気な人が欲しかった。必要な人だった。私たち、というより〈五ケ谷〉という集落にとって……」

不意に笑子が立ち止まった。

その視線の先に旅館「とろせや」があった。建物の周囲はすっかり雪も掻き出され、駐車場には泥と雑草で飾られた雪山が積まれていた。

「きっと、そういう土地なんだと思う……。ずっと昔から、この〈五ケ谷〉自体が必要だと思った人間を、どこか外から連れてくる。それこそ、平家の落人だって……」

笑子の言わんとすることを、露伴も心のどこかで理解していた。そこには善悪もなく、ただ一人の人間が、土地の〈力〉に引き寄せられた結果なのだ、と。

「外から見たら、この村は不便なんでしょうね。でも、私は不便に思っていない。欲しいモノは手に入るから。私が必要だと思ったモノは、村の全員が必要だと思うモノ……。それは必ず、外から持ってきてくれる……」

ウヒっ、と彼女は笑った。その声には、深い泥沼から浮かんできた泡のような、不快で陰気な響きがあった。

「だから、これは彼の〈運命〉なんです」

「それが演出された、人工的なモノだとしても？」

露伴の言葉に笑子が振り返った。

「私のお腹の中には、彼の子供がいますよ」

そう言って笑子は、これまで見せたこともない、潑剌《はつらつ》とした笑顔を作ってみせた。

「名前も、もう決めてる。男の子でも、女の子でも由季乃《ゆきの》。瑞野由季乃。姓名判断だと天格も地格も人格も、全部が大吉になるから……」

どこか恍惚とした表情の笑子から目をそらし、露伴は〈とろせや〉の駐車場に視線を送った。

そこには一台の車が停まっていた。よく見知った車種。ターコイズブルーのミニバン。かつて練馬ナンバーだったプレートは、今は別の土地の名を掲げていたが。

「露伴先生、彼に会っていきますか？」

「いや、もういい。居場所さえわかれば」

瑞野の行方を確かめ、また答え合わせも終わった。これ以上、露伴が〈五ケ谷〉に残る理由はない。

「僕は帰るとしよう。もう会うことないだろうから、アンタからよろしく言っておいてくれ」

露伴は踵《きびす》を返し、どうにも名残惜しそうな笑子を振り切った。雪に濡れた道を一歩ずつ、確かめるように歩いていく。

「どうぞ、お幸せに」

背を向けたままに手を振った。それが露伴なりの別れの挨拶だった。


モウセンゴケという食虫植物がある。

その捕虫葉には無数の腺毛《せんもう》が生えており、甘い香りのする赤い粘液を滴《したた》らせ、蝶やトンボを誘き寄せる。この赤い粘液に捕らえられた虫たちは、そのまま身動きも取れなくなり、養分を吸い取られて死んでいく。

その後、露伴が〈五ケ谷〉に近づくことはなかった。だが、この食虫植物の名を目にするたびに、あの集落と、そこに暮らす一人の男のことを思い出すようになった。

彼が今も元気にやっていることを、遠くで祈りながら。

ファン・
鏑木八平太の場合

ファン、というものは海流に似ている。

目に見えているわけではないが、存在は確かに感じられる。時に凪《な》ぎ、また荒れる。流れに乗る者を穏やかに包み込むこともあれば、望む場所へと運ぶこともある。はたまた、未知の領域へ押し流すことだってある。

善《よ》かれ、悪《あ》しかれ。


『岸辺露伴《きしべろはん》画集〈十〉』刊行記念サイン会。

東京にある大型書店の八階イベントホールに、そう印字されたボードが掲げられている。

あと二時間もすれば役目を終える小道具だが、それまでは人々の視線を充分に集めていた。

無論、注目されっぷりで言えば、今日の主役たる漫画家本人には遠く及ばないだろうが。

「こないだの読み切りが面白かったって？　そりゃどうも。新刊ももちろん買ってくれてるようだが、サインは色紙でオーケー？」

まさに今、サイン会が始まったところだ。

人々の列から整理番号006番のファンが進み出て、色紙を差し出しつつ感想を伝えていく。かたや露伴は、書店名の入ったバックパネルを背にサインを描き始める。ファンからの要望を聞き、下描きなしで〈ピンクダークの少年〉の登場人物を描き、サインに日付、そして為書《ためが》きを添えて色紙を完成させる。この間、わずか十秒。

「はァい、ちょっと休憩でぇ〜す」

露伴が色紙を書き終えた直後、テーブルの脇に控えていた担当編集の男性が大きく両手を振り、サインを待つファンの列を止めさせた。

「あのォ、露伴先生……」

そう呟き、担当編集は露伴に近づいてくる。そのまま口元に手をかざし、周囲に聞こえない音量で囁《ささや》く。

「ヒジョ〜に申し上げにくいのですが……、もう少し、ファンの方と交流の時間を持っていただけると……、その、こちらも助かる次第でして」

そんな担当編集に向けて、露伴が短く息を吐く。

「今さらだけどさァ」

露伴は不満げに腕を組み、椅子に背を預けてふんぞり返る。

「正直言って、僕はサイン会が大嫌いだ。普段ならサイン会は断ってる。今回が特別なだけだ。十年分の表紙イラストなんかをまとめた画集の刊行記念だからな。だから、次にやるとしたら十年後だ」

「はぁ……」

困り顔で担当編集が頷《うなず》く。すでに露伴に意見したことを後悔し始めているのだろう。

「別に、サイン会の全てを否定はしないさ。ファンから生《なま》の感想をもらえるのは嬉しいしな。ただ、それだってダラダラと話されるのはゴメンだ。本当に伝えたいことなら十秒もあれば充分だろう。アイドルの握手会みたいにな」

もはや返す言葉もないのか、担当編集は頷くのみだった。

「つまりだ、サイン会が嫌いなのは無駄に時間がかかるからだ。サインを書くだけなら、打ち合わせ中でも、執筆の合間にだってできる。それを長々とイベントにするのがイヤなんだ。この二時間ぽっちのサイン会がなければ、僕は新作の漫画を描いていたし、読者もそっちの方が喜んでただろう、ってコト」

フン、と最後に息を吐いて、露伴の一方的な宣言が終わった。担当編集は疲れた表情を浮かべ、すごすごと去っていく。

「それじゃあ、休憩終了」

そこからサイン会は再開した。

露伴は流れるようにサインを書き、簡単なトークの中で自作の感想を聞き、また要望があればイラストも添える。こうして露伴は次々と来るファンたちと充分な交流——露伴の基準で、だが——を果たした。

「はい、次の人」

また一枚、露伴がサイン色紙を書き上げる。この時点でサイン会開始から二十五分。整理番号は087まで来たから、ほぼ理想的な進み方。

そこに彼が現れた。整理番号088番の彼。

「お願いしまァ〜す」

テーブルの上に、サイン色紙と整理券、そして『鏑木八平太《かぶらぎはっぺいた》』と書かれた紙が差し出された。手書きだが、きちんとルビまで振ってある。

「鏑木君ね」

露伴は色紙を手に取りながら、彼の姿を仰ぎ見た。

瞳の小さな男性だった。身長は一八〇センチ前後、細身だが肩幅が広く、全身に筋肉がついている。見た目の年齢は二十代半ば。特徴的なのは真っ白な長髪で、それを左右二つずつに分けて編み込んでいた。

「俺ェ、俺、露伴先生のファンでェ！」

興奮した様子で、八平太は自身の着るTシャツのすそを引っ張って示す。絵柄は〈ピンクダークの少年〉の表紙イラスト。十年ほど前にあった、〈少年ジャンプ〉の応募者全員サービスで手に入るものだった。

つまり、まったくレアというほどでもないが、持っていれば熱心なファンだと証明できる程度の代物《しろもの》。

「今回のサイン会も、すっげェ楽しみにしててェ！　あ、それで〈ピンクダークの少年〉に出てくるキャラクターも描いてほしいんですけどォ！」

「いいよ、誰にする」

「はい。六部に出てくる〈影のない男〉で」

そのキャラクターの選択に、露伴はいくらか顔をしかめた。

八平太の言う〈影のない男〉は〈ピンクダークの少年〉の六部に登場するキャラクターだが、決してメインの存在ではない。連作エピソードの一つを盛り上げる怪人として、数話だけ登場し、その後は一度たりとも作中で語られていない。

だから、露伴は深く息を吐いた。

「フ―――ン」

眉を寄せつつ、露伴が色紙に〈影のない男〉を描いていく。何の変哲もない中年男性の絵だ。露伴自身、このキャラクターを描くのは十数年ぶりだった。

描きながら、露伴は心中で毒づく。

（いるんだよなァ。たまにさ、こういうマイナーキャラを描いてくれって頼んで、『どうです、俺ってこんなに読み込んでるんですよ』ってアピールするヤツがさァ〜。そもそも僕の漫画に出てくるキャラは、全て必要だから描いてるんだ。漫画クイズの答えにしてもらいたくて描いてるんじゃあないぞッ！）

サッ、と露伴が色紙を完成させ、それを八平太の方へと差し出す。やや怒りを込めた乱暴な振る舞いだったが、受け取ろうとする八平太の様子を見て、露伴は直前の思考を改めた。

（いや、だが……、彼はそういうヤツらとは違うみたいだ）

八平太はおずおずと手を伸ばし、露伴からサイン色紙を受け取った。まるで我が子のように、それを愛おしそうに抱きしめる。

「鏑木君だっけ。君……、随分と即答だったな」

今までのファンとは様子の違う八平太に、露伴もいくらかの興味が湧いてきた。

「誰を描いてほしいか訊いたら、すぐさま〈影のない男〉と答えてきた。こんなこと言ってやろう、とか、僕の反応を見てやろう、っていう考えは一切感じられない。そんなに好きなのか？」

露伴は頬杖をつきながら、探るように目の前のファンを見た。それに対し、八平太は感極まった様子で色紙を抱いたまま天を仰いだ。

「俺が〈ピンクダークの少年〉を初めて読んだのは、十一歳の秋でした……。友達からジャンプを借りて、たまたま読んだ〈ピンクダークの少年〉……。その回が〈影のない男〉のエピソードでした。話の途中から読んだせいで、ぜんぜん意味不明で、でも不思議と惹《ひ》かれてました……」

「なるほどな、だから〈影のない男〉は、君にとって重要なキャラとなった。そういう〈初めての出会い〉の話は僕も嬉しく思うよ」

そうなんです、と八平太がテーブルに身を乗り出してくる。

「あの日、俺の人生が始まったんです！」

「随分と大袈裟に言ってくれるじゃあないか」

「イエ！　本心です！　それ以来、俺は露伴先生の作品を読み漁《あさ》りました！　〈ピンクダークの少年〉はもちろん全部ッ！　あと短編集も、コミック化してない描き下ろし作品も！」

そこから八平太は、露伴作品がいかに今の自分を形作ったかを語り始めた。一言一句、つっかえることもなく、早口でまくしたててくる。

「それで俺、今までこういうイベントには参加できなかったんですけど！　ようやく最近、自由な生活を送れるようになったんで、勇気を出して参加して――」

さすがに時間超過だ。後ろに並ぶファンたちの間にも、険悪な雰囲気が共有され始めている。

チラ、と露伴が戻ってきた担当編集を見れば、彼はテーブル脇に突っ立っているだけ。露伴に言いくるめられたことへの意趣返しなのか、助けに入ってくる気配は一切ない。

「あー、鏑木君、ちょっといいか」

だから、露伴は自分で対処することにした。

「熱心に語ってくれるのは嬉しいが、こういう場には『ちょうどいい時間』があるんだ」

露伴からの指摘を受け、八平太は「アッ！」と声を出した。

「ごめんなさい！　俺、周りが見えなくなっちまって！」

さも申し訳なさそうに、八平太は頭を下げる。きちんと後ろに待つファンにも頭を下げ、余計に時間を取ったことを謝罪していた。

ものわかりのいいヤツだ、と露伴も少し安堵する。

「それで、俺がどうして今日のイベントに参加できたかなんですが、ここにもちょっと事件があって――」

「オイ、君さァッ！」

さすがに担当編集も放置はマズいと思ったのか、ここで脇から〈剝《は》がし〉に入ってくる。

「はい、時間です～」

「え、もうそんな時間ですかァ？　うわ、まだ話したいこと一杯あったのになァ～！」

八平太が編集者に押され、壇上から退場していく。何度も振り返る彼に向けて、露伴が指を振った。

「話の続きは、次回のサイン会で聞いてやるし、それが待てないならファンレターでも送ってくれ。こう見えても、ちゃんと目を通してるんだぜ」

「アハハ！　そうですかァ！　じゃあ、また俺の話を聞いてくださいね、露伴先生ェ！」

その言葉を最後に、八平太は大人しくイベント会場をあとにする。去り際に騒ぐこともなく、迷惑をかけるつもりはないらしい。ただ単純に、熱くなると周囲が見えなくなるのだろう。

「はい、次の人」

何事もなかったかのように、露伴はサイン会を続ける。それ以降は何ら問題もなく、イベントも無事に終了する。

この時の露伴にとって、鏑木八平太は少し熱心なだけの、ごく普通のファンでしかなかった。


露伴の暮らすS市杜王町《もりおうちょう》は、なかなかに住みやすい土地だ。

杜王町はほどよく静かで、ほどよく栄えている。繁華街というよりも住宅街よりの地域だが、生活に必要なものは地元の商店で充分に揃うし、S市内の中心地に出れば大抵のものはある。加えて杜王町には海があり、山があり、と自然にも恵まれている。そのため観光シーズンになると、よその土地から多くの人間が来る。この街を良いと思う人々も、そのたびに増えていくのだろう。

だから、杜王町へ新たに来る人間も珍しくない。

「あれェ〜、露伴先生じゃあないですかァ！」

たとえそれが、ほんの二か月前に東京で出会った人物であろうと。

「こんなトコで会えるなんて、うれしィ〜！　ほら、俺のこと、覚えてます？　鏑木八平太です！」

杜王町のドラッグストアで、露伴が買い物をしていた時、唐突に彼が現れた。ちょうどシャンプーを片手に、いつもの銘柄から変えてみようか、などと考えていた瞬間だった。

「ああ、覚えてるよ。サイン会に来ていた……」

そう言いかけたところで、八平太は実に子供っぽく、その場で何度もジャンプし始める。長い白髪が風に舞う。

「うおおお、最高だァ！　露伴先生が俺のことを覚えてくれているゥ〜！」

大の大人が、嬉しさのあまり飛び跳ねている。一方の露伴としては、周囲の視線が集まるのを苦々《にがにが》しく思っていた。

「なぁ、オイ。もう少し静かにしてくれ」

「あ、ああ！　そうですよねッ！　はしゃいじゃって、ご迷惑でしたよね！」

「だから、静かにしろと！」

オホン、と背後から咳払いの声が聞こえた。

露伴が振り返れば、ドラッグストアの男性店員が困ったように露伴たちのことを見ていた。露伴も苦笑いを浮かべ、手にしていたシャンプーを棚に戻し、そそくさと店の外へと出た。

当然、八平太も後を追ってくる。

「君な……、どうして杜王町に、って聞くだけ聞いてやるが」

店先で露伴は溜め息を吐《つ》き、対する八平太は神妙そうに頷く。

「どうせ僕が杜王町に住んでるのを知って、観光がてらやってきたんだろう。で、ドラッグストアに僕がいるのを発見し、偶然のフリをして近づいてきた」

「いいえ、そんなストーカーみたいなことはしていません。断じて！」

「それじゃあ――」

八平太の恍惚とした表情を見て、露伴は言葉を止めた。

「俺は単純に、杜王町に引っ越してきたんです。今日も日用品を買いに来ただけで、たまたま露伴先生と出会ったんです！」

「なんだって？」

「まったくもって、俺個人の自由意志なんです！　昔から杜王町に住みたいなァ、って思ってて、もちろん露伴先生が住んでいることは知っていましたが、別に会うために引っ越したわけじゃあないんです！　今日こうして出会えたのだって、本当に偶然、思いがけず、天の気まぐれで！」

希望と期待に満ちた八平太の表情。彼の言葉は、露伴への申し開きではなく、自身の信仰を告白するような調子だった。

「杜王町、あの〈影のない男〉が生まれた土地！　そこで静かに暮らすことで、俺の人生にも何か、インスピレーションを受けられると思ったんです！」

八平太は、あくまで自分の興味で杜王町に引っ越してきた。

空々しい言い訳にも聞こえるが、そう言われると露伴も口出しできない。人間には居住移転の自由がある。実害というほどの害もないから、これを拒否する権利もない。

「わかったよ。別に杜王町にも、僕のファンは何人も住んでいるだろうさ。君はその一人になっただけだ」

「ええ、はい！」

元気よく返事をする八平太に、露伴は顔をしかめて指をつきつける。

「だが、ファンだからといって無闇に生活圏に入ってくるんじゃあないぞ。たまの挨拶くらいなら結構だが、たとえば僕がカフェでコーヒーを楽しんでる時に、どっかと前の席に座ったりするのは許せない」

「でも隣の席ならァ〜？」

「ふざけてるのかッ！　貴様！」

ウヒィ、と八平太が頭を抱え、とっさに地面に這いつくばった。

「ああ、怒らないでください！　嫌わないで！　俺って、つい余計なことを言っちまうんですよォ！」

露伴は不機嫌そうに唇を曲げつつ、それでもファンへの慈悲で八平太の肩を叩いた。

「だから、そういう極端なのをやめろと言っているんだ。別に怒っちゃいないから〈適度な距離感〉で接してくれ」

八平太が勢いよく顔を上げる。白髪の房を揺らし、眼を輝かせて見上げてくる。彼は顔をしわくちゃにし、笑顔を作ってみせる。

「ハイ、理解しました！」

そう言って、八平太は何度も頷く。そのまま彼は立ち上がり、あとは露伴につきまとうこともなく足早に去っていく。どうやら〈適度な距離感〉を理解したらしい。

この日は、だったが。

そのわずか二日後、露伴は再び八平太と出会った。

出会ったというより、待ち伏せされていたという方が正しい。

「あ、露伴先生ェ～」

八平太がカフェのテラス席から手を振っている。そこは露伴の行きつけの喫茶店で、今日は本でも読みながら優雅なひとときを楽しもうとしていたところだ。

「ほら、ここォ、先生！　席空《あ》いてますよ、どうぞどうぞ！」

当然の如く、八平太が席を譲ろうとしてくる。しかし、露伴がそれに反応することはない。カフェに入るのを諦め、商店街の方へと向かっていく。

（完全に僕の生活が邪魔されてるが、まだ仕方ないで済ませられる……。たまたまアイツの方が先に喫茶店に入っていた）

肩を怒らせて歩く露伴が、チラと背後を振り返る。八平太は露伴に無視されたことなど気にする風もなく、テラス席でコーヒーを嗜《たしな》んでいた。

（僕に会いたくて待っていた？　そりゃそうなんだろうが、もし『いやだなァ、自意識過剰ですよォ』なんて言われたら、ブチギレる確信がある……）

これで八平太が追って来ようものなら、露伴としても明確に彼の行動を詰《なじ》れるが、あの熱心なファンは、そのあたりの分別はついているらしい。

むしろ、ついていてしまっているのが惜しい、と露伴は思った。


また、後日のこと。

「あ、露伴先生、おはよーございまァ〜す！」

露伴が散歩に出た折、近所の公園に八平太がいた。ブランコに乗りながら陽気に手を振ってくる。これも待ち伏せだろうが、挨拶をするだけで余計な会話はしてこない。まだ許せる、というか、許すしかない普通の行動だ。

そして、翌日もそうだ。

「ここ、フルーツとお菓子がありますよね。露伴先生的には、手土産《てみやげ》はどっちが良いんだろうなァ〜」

あるいは露伴が駅前のデパートへ買い物に来た時も、八平太は先回りし、贈答品売り場で頭を抱えていた。

別に話しかけてはこない。あからさまに露伴にも聞こえるように独り言を喋っているが、会話ではない。こちらから話しかければペラペラと話し出すだろうから、露伴は徹底的に無視することにした。

こうした作為的な邂逅《かいこう》が何日も続いた。

気にしないようにすればするほど、かえって露伴の思考には八平太の影がチラついてくる。まさに悪意なき侵略だ。

「あれェ、露伴先生！　お出かけですか！」

それは露伴が郵便局に行こうと自宅を出た日だ。

封筒を抱え、露伴は自宅を出た。それで数歩も歩いたところで、ジョギング中――どういうコースを走っているかなど、露伴は考えたくもない――の八平太が話しかけてきた。

露伴は無視を決め込んだが、八平太は彼の真横にピタっとついて並走してくる。

「なァ、鏑木君。君さ、〈適度な距離感〉ってヤツを忘れてるんじゃあないか？」

「ごめんなさい！　俺、ちょうど露伴先生が行く方向に走ってく予定でして！」

「フン、その割にはゆっくりだな」

「あァ〜、ちょっと足を怪我してて、リハビリを兼ねての運動なので！」

「あ、っそ」

そう言うや、露伴は一気に道を駆け出した。八平太の追いつけない速度で、封筒を持ったままに。

すると、八平太も猛烈な勢いで露伴を追いかけてくる。

「お前さァ！」

「なんだこれはァ〜！　足が治った気がしてきたぞォ！」

ここで露伴が急に立ち止まる。同じタイミングで八平太も足を止めたが、反応が遅れたか、露伴よりもやや前方に立っていた。

「いい加減にしろよ」

露伴が背中越しに声をかける。八平太は言葉を返すことなく、無言で立ち尽くしている。

八平太の後頭部、その白髪が本のページに変わり、自然にめくれていく。

「〈ヘブンズ・ドアー〉……。僕の作品のファンだからと、これまで大目に見てきたが、さすがに限度がある。ま、僕も侮《あなど》ってた部分もあったんだろう。いざとなったら〈命令〉を書き込めるからな。こういう風に――」

さらさら、と露伴が八平太のページに文字を書き込んでいく。こうして〈精神〉に刻まれた〈命令〉に、誰も逆らうことはできない。

「書き込む〈命令〉は考えないとな。漫画家として、読者を拒むようなことはしたくない。かといって生活に入りこまれるのも厄介《やっかい》だ。だから、ここは『岸辺露伴本人に過剰に興味を持たない』ってカンジにしておくか……」

露伴が手を振ると、八平太の後頭部で開かれていたページは閉じられた。何事もなかったかのように、彼は呆然と立ち尽くしている。

「それじゃあな」

未だに呆《ほう》けている八平太を残し、露伴は郵便局へ向かった。


一週間ほど経ったが、その間、露伴の近辺に八平太は現れなかった。

ようやく日常が戻ってきたと露伴は安堵したが、その一方で、

「まったく面倒だったが、今にして思えば面白い体験だった。あれほど熱烈なファンは珍しいからな。ついカッとなって遠ざけちまったが、もっと観察しておくべきだった。何か漫画のアイディアになったかもしれない」

などと、惜しい気持ちすら湧いていた。これも喉元過ぎれば、だ。

そんな露伴の思いに運命も応えたか、八平太に関わる事件はなおも続く。

その日、露伴の家に珍しい客が来た。

チャイムの音に、露伴は執筆作業の手を止め、仕事部屋から玄関へと向かった。そのままインターホンのモニターを見て、扉の前に来た客の姿を確かめる。

「ふむ、さすがに違うか」

もしや八平太がやってきたのでは、と露伴は思っていた。

しかし、予想は裏切られた。扉の前に立っているのは、一人の若い女性だった。長い黒

髪に黒縁のメガネ。地味な色のパーカーに丈長のズボンが、野暮ったい印象を与える。

「はい、どちらさま?」

露伴がインターホン越しに女性に話しかけた。

『あ、私……』

女性はモニターの向こうで、何度も息を整えていた。

『鏑木、八平太君の友達で』

「なに?」

『その……、彼が岸辺露伴先生に、迷惑をかけていると思って、謝罪に参りました』

女性の言葉を聞き、露伴はインターホンのボタンを押さえる指に力を込めた。唐突な来客、それも八平太に関わる人物だという。怪しいと思えば、いくらでも怪しく感じられる。

(あの女性、本当に鏑木八平太の友人か? ただの友人が、謝罪のために、わざわざ訪ねにくるか? たとえば……、彼女は脅されていて、僕がドアを開けた瞬間に背後から鏑木本人が現れる、とか……)

警戒する露伴だが、不意にそれが馬鹿らしく思えた。何も恐れることはない。そもそも八平太は〈ヘブンズ・ドアー〉の影響で、以前のように振る舞うはずもない。

ただし、女性への疑問は残る。

「君は、本当に鏑木八平太の友人か?」

露伴からの問いかけに、女性は画面の向こうで恥ずかしげに頷いた。

『はい、友達です。でも、疑問に思いますよね。私たちの関係は、あまり周囲の人に理解されないので』

その言葉に、露伴は小さく苦笑する。

（さすがに考えすぎだったか。おそらく、彼女は鏑木八平太の恋人か、家族ほどに近い間柄なんだろう。だからこそ彼を心配している。これまで『岸辺露伴のファン』を名乗り、ストーカーまがいの行為までしていた彼が、ここ数日は大人しいからだ）

露伴は再びモニターに映る女性を見た。当然、彼女の周囲に人影はない。彼女自身、どこか焦《あせ》っている様子はあるが、怯《おび》えるふうな素振りはない。

（ま、そいつは〈命令〉のせいなんだが、そんなことは知らないだろうしな。ただ僕を怒らせたとか、そんなふうに解釈して、彼のために謝罪に来た、ってトコロか……）

露伴は薄っすらと笑みを浮かべ、玄関の方へと向かっていく。

「待っててくれ、鍵を開ける」

ちょうど露伴も、鏑木八平太という人物について知りたく思い始めていた。八平太本人と話すのは疲れるが、彼をよく知る人間に取材をするのは有意義だ、と判断した。

露伴が玄関扉を開けると、女性が無感動な調子で頭を下げてくる。

「増馬《ますま》純《じゅん》と申します」

「いきなり尋ねるが、君は僕のファンかい？」

露伴からの問いに、増馬と名乗った女性は目をしばたたかせる。数秒ほど考える様子を見せてから、彼女は小さく口を開く。

「いえ、失礼ながら……。まったくファンではありません」

「結構、上がりたまえ」

露伴は背を向け、増馬を自宅へと招いた。

果たして歓迎されたのか、それとも拒否されたのか。理解しきれないまま、増馬が恐る恐る露伴のあとを追う。この時、露伴はいたって上機嫌だったが、それは増馬に伝わらない。不意の訪問に苛立《いらだ》つ、気難しい漫画家としか映らなかっただろう。

「別に――」

廊下を通り、応接室に向かうまでの間に露伴が話しかける。

「君が僕のファンでもいいんだけどさ」

「はい」

「ただ、やっぱり僕に興味を持ってない人間の方がいい。その方が、鏑木八平太について客観的な話をしてくれる」

応接室に入ってすぐ、露伴は楽しげにソファを叩く。増馬に対し、そこへ腰掛けるよう促した。

「あの、やっぱり八平太が、大変なご迷惑を……」

「いや、構わないよ。今はもう、別に。それより、お茶を用意しよう。コーヒーと紅茶、あとルイボスティーもある。どれがいい？」

「ルイボスティーを、お願いします……」

未だ訝《いぶか》しむ増馬を残し、軽い足取りで露伴がキッチンへと向かう。

増馬が現れたのは喜ばしい。なにせ八平太のことを知りたいと思ったタイミングで、彼をよく知るだろう人物が来てくれた。この機を逃す手はない、と露伴は考えていた。

「気にしないでくれていい。鏑木君のことは」

露伴がトレイを手に応接室に戻ってくる。客人をもてなすため、手ずから茶を淹《い》れ、さらにクッキーも添える。

「本当に、申し訳なくて……、八平太は私の友達で」

「いいから、いいから」

ソファに座る増馬に露伴が近づく。

ほんの一瞬、ごく自然な動きで、露伴が増馬へ手を伸ばす。それだけで〈ヘブンズ・ドアー〉が発動し、彼女を本に変えた。

「さて、取材させてもらおうか」

露伴はソファに転がった増馬の顔に触れ、その皮膚を剝がすように、やけに分厚いページをめくっていく。

「あんな目に遭っておいて何だが、僕は今、鏑木八平太に興味がある。ああいう人物を漫画に出すのものいいかもな」

それで、と露伴が続ける。増馬のページを優しく扱いながら、そこに書かれた文字を読み上げていく。

「増馬純、二十六歳。埼玉県生まれ、蠍座《さそりざ》のA型、兄弟はなし。無職みたいだが、家が裕福だから許されている。趣味はバレエにピアノ……。まさにお嬢様だな。そして……、嫌いなものは〈低俗なモノ〉で『たとえば漫画やアニメ』と来た！」

ハッ、と露伴が小馬鹿にするように鼻で笑った。

「漫画が〈低俗なモノ〉だと？　ふざけるな、と言いたいトコだが、今回は見逃してやる。絶対に僕のファンじゃあない、ってのが伝わってくるからな」

露伴は増馬のページをめくる。彼女の〈精神〉は本となり、その記憶や感情は文字情報として読まれていく。

「さて、鏑木八平太についても書かれてるな。どうやら本当に、小学生時代からの友人だったらしい。なるほど、彼女が〈少年ジャンプ〉を貸した張本人なんだ。彼が〈ピンクダークの少年〉と出会った、記念すべき最初の一冊だ」

露伴は小さく笑う。今こそ漫画を〈低俗なモノ〉と扱っているが、この女性もかつてはジャンプ読者だった。単に周囲と話題を合わせるため、仕方なく読んでいただけだとしても。

「で、彼女は大人になって漫画を読まなくなったが、その一方、鏑木八平太は人生を変えてしまった、と」

さらに読み進めていけば、増馬がどうして露伴のもとを訪ねてきたのか、その理由も明らかになった。

『八平太は私の唯一の友達。私は岸辺露伴に興味はないけど、彼にとっては人生の全て。そのせいで多くの人に迷惑をかける。そのたびに私が謝る。私の両親がお金を払って赦《ゆる》してもらうこともある。なぜなら、きっかけを作ったのは私だから』

フム、と露伴が息を吐く。

この増馬という女性は、そもそも八平太を友人として大切に思っているらしい。だから時として暴走する彼に責任を感じ、まるで保護者のように謝って回っている。

『八平太は私には優しいけど、他人をどうでもいいと思うタイプ。今まで何度も暴力事件を起こしてる。理由は全部、岸辺露伴の漫画を馬鹿にされたから』

「オイオイ、これは……」

どうやら八平太は、露伴が予想するよりずっと暴力的で、危険な人物だった。増馬の記述を読み進めるだけで、彼が引き起こしてきた数々の事件が目に入ってくる。

「中学生の頃から、彼は喧嘩沙汰を起こしてるみたいだ。何人も病院送りにしてる……。その原因はどれも僕の漫画ってんだから、複雑な気分だな……」

さらにページがめくられる。そこに書かれている記述を見て、露伴は思わず顔をしかめた。

『ここしばらく、八平太は檻の中にいた。でも最近になって出てきた。また誰かに迷惑をかけてしまう』

「そういうことか……」

八平太と出会った時のことを、露伴は思い出す。

あの時、八平太は初めてサイン会に来たと言っていた。それは「ようやく自由な生活を送れるようになった」から、と。

「鏑木八平太は、傷害事件か何かを引き起こし、その罪で服役していたんだろう。それが刑期を終えて出てきた……」

露伴が増馬のページに指を這わせ、さらに記述を読んでいく。やがて出てきた文言《もんごん》に息を呑む。

『岸辺露伴に警告しに行こう。もう八平太は止められない。彼はずっと我慢していた。とにかく岸辺露伴の新作を読みたいらしい。必ず会いに行くと言っていた。どんな〈命令〉だろうと、彼を従わせられない――』

「なんだと……?」

スッ、と露伴の指が文字に触れる。

増馬のページに、新たな文章が自然と浮かび上がっていく。

『でも、もう遅かった！　八平太は岸辺露伴の自宅に入り込んでいる！』

その記述に露伴は後ずさりし、思わず身構えた。

「彼女は別に謝罪に来たんじゃあない！　警告だ。危険な男、鏑木八平太についての！　そして、鏑木八平太はすでに僕の家の中にいるだとッ!?」

増馬はソファに横たわっている。一方、露伴は部屋を見回し、どこかに人の気配がないか探る。

「鏑木八平太は、新作を読みたがっていた……」

不意に気づくものがあり、露伴は応接間を出て、二階にある仕事部屋へと向かう。階段を駆け上り、目的の部屋の扉を開け放つ。

「…………」

露伴は目を凝らし、仕事部屋の中を見回した。

さっきまで、この部屋で露伴は執筆していた。机には描きかけの漫画原稿がある。それこそ八平太の求める新作だが、見た目には荒らされた様子はない。

「思い過ごしだったか」

そう呟いた瞬間、ギィ、と小さく音がした。

外開きの窓が、ほんの少しだけ開いていた。露伴に開けた覚えはない。部屋を出る瞬間まで、それはピタリと閉じられていたはず。

慎重に、一歩ずつ、ゆっくりと露伴は窓辺へと歩む。

「どんな〈命令〉だろうと従わせられない？　いいや、増馬の考える〈命令〉は〈ヘブンズ・ドアー〉についてのことじゃないはずだ……」

そして露伴は大きく窓を開く。

まさかと思いつつ、窓から身を乗り出して下を見る。しかし、家の周辺に人影はない。

そもそも二階から飛び降りて逃げるほどだろうか。何より、八平太には〈ヘブンズ・ドアー〉で〈命令〉を書き込んでいる。

「フフ……、何を怯えてるんだ、僕は。さすがに、あり得ない」

ヌゥ、と、窓枠の上部から男の太い腕が伸びてきた。

露伴の顔の真横に、その手が迫っていく。どういうわけか、手には新品の野球ボールが握られている。

「ハッ！」

腕に気づいた露伴は、窓枠を握りしめつつ上を向いた。

「公園で、野球をしてたんです」

二階の窓より上、屋根の一部に男が張り付いていた。男は頭を下にし、長い白髪が垂れている。まるで蜘蛛《くも》のような体勢だ。彼は片手の筋肉だけで、その巨体を支えていた。

「鏑木八平太ッ！」

露伴が叫ぶ。屋根に張り付いた八平太は逆さまの状態で、ニィ、と歯を見せて笑う。

「ボールが、屋根の上まで飛んじゃってェ……、取りに来ただけなんですよォ。ごめんなさい、本当に、でも、窓が割れなくて良かったなァ～」

言い訳だろうが、この状況で糾弾している場合ではない。驚きと焦りで、露伴の表情がこわばる。

〈なんだ……、コイツは！　僕は確かに〈ヘブンズ・ドアー〉で〈命令〉を書き込んだはずだッ！　だが、前と変わらずに近づいてくる！〉

露伴は息を呑む。この一瞬で、脳内で様々な可能性を考える。

〈いや、書き込んだ〈命令〉は『過剰に興味を持たない』だ……。もし、今の状況すら鏑木八平太にとっては〈適度な距離感〉だとしたら！〉

驚愕と納得。二つの感情が溢《あふ》れる。だから反応が遅れた。即座に〈ヘブンズ・ドアー〉を叩き込めば良かったが、そのタイミングを逃していた。

「お前は……」

「偶然ッ！　偶然なんです！　別に俺は、露伴先生の生活は邪魔してない！　信じてくださァい！」

白髪を振り乱し、八平太は屋根の上で左右に体を振る。泣き顔で懇願し、ボールを持った方の腕で窓枠を叩き始める。

「わかった！　わかったから、やめろ！」

「良かったァ～」

そう言うと、彼はこぶし大のボールを、スポッと口に入れた。それで自由になった腕を新たに使い、彼は窓枠を摑んで体勢を変える。さらに体を支えていた方の腕を伸ばすと、壁の小さな出っ張りに指をかけ、さらに体を放る。

テナガザルのごとき動きで、八平太はまたたく間に二階から地上まで降りていく。露伴は呆気《あっけ》にとられていたが、ふと冷静になり、彼を追って階下へと駆けた。

すると玄関先に増馬の姿があった。

今まさに、家を出ようと扉に手をかけている。どこかのタイミングで〈ヘブンズ・ドアー〉の効果が切れたらしい。

「おい、君！」

「露伴先生、八平太が来てましたか？」

小さく露伴が頷けば、増馬は申し訳なさそうに顔を伏せた。

「八平太が外にいました。もっと早く、先生に警告するべきだった。でも、無事で良かった……」

物騒なことを言いつつ、増馬は困ったように眉を下げる。

「私が、彼のことを説得します。これ以上、先生に関わらないように。ただ、上手《うま》くいくかはわかりません。余計に悪化してしまうかもしれない……」

「待て待て、何を勝手に――」

露伴の言葉に応じることなく、増馬は玄関扉を開けていく。

「数日くらい、先生は姿を隠した方が良いですよ……。八平太が暴走して、先生に危害を加えてしまうかもしれない……。彼は何をしでかすかわからない」

まるで脅しじみた警告だった。増馬は振り返り、メガネの奥から露伴を睨みつけていた。

「失礼します」

そうして増馬は去り、扉は閉められた。何も言い返せなかった露伴には、ただ疲労感だけが残った。

その日から三日間、露伴は杜王町の自宅を離れていた。

増馬の忠告に従ったわけではないが、ちょうど都合が良かった。もとから東京での用事があり、この週末を利用して小さな取材旅行に赴く予定だったからだ。

ただし、その道中でも「どこかに八平太が潜んでいるのではないか」という不安はつきまとった。

　さすがに二日目、それは杞憂だと思考の外に追い出すことができたが、露伴自身、いくらか追い込まれていることを自覚していた。

（これは僕とファンの問題だ。出版社や警察に駆け込むようなマネはしない。全て、この岸辺露伴がカタをつけてやる）

　露伴は怒っていた。

　この三日間、漫画のことを考えるべき時間に、鏑木八平太という男が入り込んできたからだ。生活圏のみならず、思考にまで押し入ってくる侵略者。自身のファンという一点のみで、今日まで見逃してきたが、いよいよ決着をつけるべき時だ、と露伴は考えた。

（だから僕は警戒しつつ、罠を張った）

　そして露伴が杜王町を離れてから三日目。翌日の朝に帰宅するところを、予定を早めて前日の夕方に戻ってきた。

　赤い夕日に照らされ、露伴は黒い影を引きずって歩く。間もなく自宅に着くが、あえて小道を外れ、玄関の脇から敷地内へと入っていく。

（あえて……、全てあえてだ）

三日前、露伴は自宅を出た直後、予定を確認するために編集者と電話した。そこで「四日目の朝に帰宅する予定だ」と、実際の行動とは違う内容を伝えた。あえて道端で、あえて大声で。

さらに自宅の戸締まりも、あえて疎《おろそ》かにした。玄関扉や勝手口、二階の窓には全て鍵をかけたが、一階の窓の一箇所だけを、あえて施錠しないでおいた。

（だから、これも予想通りだ……）

露伴は息を潜め、玄関脇の窓に近づく。

窓自体は問題なく閉まっている。だが、窓枠の下に小さな原稿用紙の切れ端が落ちていた。それを見て、露伴は侵入者の存在を確信した。

（窓を閉めた状態で挟み込んでおいた紙だ……。窓を開けば落ちる。古典的な手法だが、存外に効果的だ……）

露伴は音を立てないよう、慎重に窓を開き、靴を脱いで部屋へと侵入する。その薄暗い部屋は、以前に増馬を招いた応接室だ。異様な形での帰宅だった。

（もう家を出た可能性もあるが、彼ならギリギリまで楽しむだろうな）

応接室を抜け、廊下を辿り、露伴は二階の仕事部屋を目指す。階段を上っていく途中で、やはり人の気配があることに気づく。

ゆっくりと仕事部屋の前まで歩き、露伴はドアに身を寄せる。その中にいるだろう人物の息遣いに耳を澄ます。

「最高だなァ〜」

その馬鹿げたセリフに、露伴は思わず吹き出しそうになる。忍び込んでいるくせに、侵入者は呑気《のんき》に過ごしているらしい。

「露伴先生の新作も旧作も読み放題！　生原稿だって見れちゃう！　どんな漫画アプリより優良だ！　無料なのに、優良ォ〜」

「随分と、ご機嫌じゃあないか」

パチ、と仕事部屋の電灯が点《つ》けられた。

露伴は開いたドアに悠々と寄り掛かっている。その一方で、侵入者は背を向けたまま、両手に漫画原稿を持って固まっていた。

「あ、あれェ〜?」

声を震わせながら、侵入者たる八平太が振り返った。驚きと焦りによってか、その額《ひたい》から大量の汗が溢れていく。

チラ、と露伴が仕事部屋を見渡す。床には古い原稿やコミックスが置いてある。ただし、原稿はパズルのピースのごとく敷き詰められ、コミックスは刊行順に並べられている。無法の中に秩序がある。それが余計に、露伴の癪《しゃく》に障《さわ》った。

湧き上がる怒りを抑え込み、露伴は溜め息交じりに告げる。

「さて、今回はどういう言い訳をするんだ？　明らかな不法侵入だが、まさか自分の家と間違えたのかな？」

露伴の言葉に、八平太はパァッと表情を明るくさせた。

「そ、そうなんですぅ〜！　あれ、もしかして、ここって露伴先生のご自宅ですかァ〜？」

「ふざけるなよッ！」

露伴が大股で一歩を踏み込む。八平太は怯えた声を出し、尻もちをついて後ろへと下がっていく。

「今まではギリギリ、本当にギリギリだが、単なる偶然と言い張れただろうさ。だが、今回は無理だね。君は自分の意思で、僕の自宅に侵入し、仕事部屋を荒らした！」

「ヒ、ヒィ、ち、が、違うんです！　これは、本当に、魔が差しただけで！　ちょっと見に来るだけのつもりが、マジで家に入れるなんて思ってなくて！」

盛大に叫びつつ、八平太は土下座の姿勢を取り、何度も床に頭を打ち付けている。

「そりゃそうだろうさ。そこは僕も悪く思ってる。大金の入った財布を、わざと道端に落とし、拾った人間を泥棒として突き出すようなマネをした。性格が悪いヤツのすることだ」

フン、と露伴が短く息を吐く。

「でも、ま、僕は性格が悪いヤツなんでね」

そう言い捨て、露伴は八平太に指を突きつける。

次の瞬間に〈ヘブンズ・ドアー〉が発動し、八平太の体は後方へと倒れ込む。長い白髪を四方に散らしつつ、彼の顔面は本となった。薄紙のページが自然とめくれていく。

今更、その中身を確認するまでもない。

開かれた八平太のページには、びっしりと文字が刻まれている。ただし、ほとんどが同じ単語の繰り返し。そこには〈岸辺露伴〉やら〈ピンクダークの少年〉やら、露伴の漫画に関する文字ばかりが、乱暴な筆跡でいくつも書かれていた。

「自分の記憶や感情より、僕や、僕の作品への言及を優先する。そういう心意気は高く評価するよ、本当に……。だから、鏑木八平太、これが僕にできる最大限の譲歩だ」

露伴は再び、〈ヘブンズ・ドアー〉で八平太に〈命令〉を書き込んでいく。

『岸辺露伴から半径三メートル以内に近づかない』

これで充分。警察に突き出すまでもない。今度こそ正確に〈命令〉を書き込み、それを遵守させればいい。

「僕の漫画を読むな、なんてことは言わない。漫画自体は誰だって読んでいい。死刑囚だろうと、独裁者だろうとな。だが、僕の生活を邪魔するつもりなら、それこそ誰だって許しはしない」

露伴は倒れ込む八平太に背を向けた。

やがて目を覚ませば、八平太は〈命令〉に従って部屋を出ていくだろう。居残るつもりなら、追い詰めてやろう。

露伴はそう思いつつ、仕事部屋に広げられた原稿や、自身の作品たちを拾い上げていく。今夜は掃除に時間を費やすことになるだろうが、これも手痛い勉強代だ。

「さて」

と、露伴は簡単に原稿をまとめ直し、八平太の方を振り向いた。

だが、ここで奇妙な違和感がある。

「…………」

倒れているはずの八平太が姿を消していた。どこかのタイミングで目覚め、勝手に部屋を去っていったのか。

そう考えた直後、露伴の首に太い腕が巻き付いてきた。

「なっ⁉」

腕は露伴を締め上げていく。体勢を崩し、足をもつれさせ、露伴と背後の襲撃者が床に転がる。

「ろ、ろ、露伴先生ェ～！」

「貴様ッ！」

「露伴先生はァ、約束してくれたんだァ！」

露伴の後頭部あたりから八平太の声と、熱い吐息が降りかかる。厚い胸板と筋肉の張った腕に、露伴の頭部はガッチリと挟まれ、振り返ることすらできない。

「こんな俺をさァ！　漫画に出してくれるって！　う、嬉しいィ〜！」

なんとか八平太の拘束を振りほどこうと、露伴は体をよじって必死にもがく。何とか自由になった右手を真っ直ぐに伸ばす。

（コイツ、何を言って……。いや、それよりもマズいッ！　このままでは……）

露伴は腕を振り、背後の八平太に向けて指を突き出す。

（〈ヘブンズ・ドアー〉ッ！　『露伴を解放する』だ！　〈命令〉を書き込む！）

八平太の太い腕にページが現れ、そこに手早く〈命令〉を書き込んだ。細かい内容を考えている暇はなかった。

これで助かった、と露伴は小さく笑う。だから、つい力を抜いてしまった。

「約束したもんねェ〜！」

そう叫び、八平太はさらに露伴を締め上げる。

（グッ、馬鹿なッ！　確かに〈命令〉は書き込んだ……）

露伴は再び右手を伸ばす。だが、思うように体が動かない。脳が思考を放棄する。このまま意識を落とされた方が、きっと楽になれるだろう、と。

（〈ヘブンズ・ドアー〉……、もう一度……）

しかし、伸ばした手は空を掻き、そのまま力を失って落ちる。そして幕の閉じるように、露伴の視界は暗闇に包まれた。


次に露伴が目を覚ました時、その体は椅子に座ったまま、仕事机に突っ伏していた。

見れば、机には白紙の原稿用紙があり、ペンやインク瓶といった文房具も揃っている。

どうやら根《こん》を詰めすぎて、執筆作業中に寝入って、あまりにも長い夢を見ていたのだろうか。

「いや、夢なわけがない……」

しっかりと覚醒した露伴は、自身がいる場所を確かめる。

まず空調設備の音がする。暗い部屋の中だ。

部屋の広さは一般的だが、天井はやけに高く、三メートルほどある。また壁に窓はなく、巨大な本棚らしき家具が設置されているだけ。そして前方に無機質な鉄階段があるから、おそらくは地下室だろう。

ただ、露伴のいる机の周囲だけが明るかった。

照明かと思い、露伴は何気なく上を向く。どうやら地下室の端に細長い天窓があり、そこから月明かりが差し込んでいるらしい。

「なんとなく……、状況が飲み込めてきたな」

ふと違和感を覚えた露伴が、自らの予想を確かめるために左手を挙げた。

ジャラ、と金属音が響く。露伴が視線をやれば、自身の左手には手錠がはめられており、もう一方の輪は、重厚な仕事机の脚につけられていた。

「あまりに理想的な拉致監禁だな」

さほど焦ることもなく、露伴は憎まれ口を吐き、この状況を生み出した張本人がやってくるのを待った。しかし、待つほどの時間はかからない。

「露伴先生ェ～」

あるいは、部屋のどこかに監視カメラでもあり、今まで様子を見ていたのだろうか。露伴が目覚めて一分と経たず、その人物は地下室へと下りてくる。陽気な足取りで、小さく鼻歌すら歌いながら。

「アハッ、おはようございまァす！ 鏑木八平太でェ～す」

まるで舞台役者のごとく、大きな身振りを加え、八平太が鉄階段を一段ずつ下ってくる。編み込んだ長い白髪が左右で揺れ、期待の込もった視線で露伴を睨《ね》めつける。大胸筋に引き伸ばされたTシャツには〈ピンクダークの少年〉が描かれているが、これは以前に見たのとは別の絵柄のモノ。

パチン、と八平太が地下室の照明を点ける。勿体《もったい》つけた様《さま》は、露伴への意趣返しにも見えた。

そして、地下室の全貌が明らかとなった。

「どうです、露伴先生！　俺のコレクション！」

天井まで迫る巨大な本棚には、びっしりと露伴が描いてきた漫画が収まっていた。

一巻から最新巻まで揃えられた〈ピンクダークの少年〉は、コミックス版と文庫版、そして愛蔵版。さらにドラマＣＤと原画展の図録が面陳《めんちん》されている。また他の連載作品もあれば、短編集もある。棚の下部に置かれた青年誌は、まだ本になっていない読み切り短編が掲載された号だ。

「どれもこれも、俺の宝物なんです！」

八平太の視線を追って、露伴は反対の壁を見る。壁際のガラス製のコレクションケースには〈ピンクダークの少年〉のフィギュアや缶バッジが綺麗に並び、また作中人物をイメージしたアクセサリーや、腕時計、高級文房具といったグッズ類が飾られている。

そして前方。鉄階段の横には大きさの違う四つの額縁がある。最も大きいのは〈ピンクダークの少年〉のＴシャツで、これはレアな懸賞品の方。他の二つは高価な複製原稿と、一点物のサイン入り大判ポスターだ。

そして、それらの中央に〈影のない男〉が描かれたサイン色紙が飾られていた。色紙に書かれた『鏑木八平太君へ』の文字が、今となっては白々しく思えた。

呆《あき》れたように、露伴が深く息を吐いた。

「こうして見ると壮観だな。これまでの僕の仕事の成果が、目に見えて伝わってくるよ」

「へへ、この漫画やグッズ、この間までは貸倉庫にあったんですよ。それがようやく、こうして陳列できたんです」

「なるほど。それじゃあ、ここは君の自宅ってことか」

「そうです！　俺が新しく買った、杜王町の自宅です！　ちょっと山側なんで、露伴先生を運ぶのは大変でした！」

露伴は余裕ぶった様子で頬杖をつく。危機的状況なのは変わらないが、八平太の前でうろたえたり、焦ったりはしない。それは己のプライドが許さない。

「で、君は僕を地下室に閉じ込めてどうするつもりだ？」

「それはもちろん、漫画を描いてもらいたいんです！」

「なんだって？」

期待に満ちた表情で、八平太が机の前まで来て膝をつく。

「この間、露伴先生は言ってたじゃあないですか！　俺みたいな人間を漫画に出しても良いって！」

「馬鹿な！　そんなことッ！」

「言ってました！　寝てる純ちゃんに向かって、俺みたいな人間に興味があるって！」

　あっ、と露伴が短く叫び、思わず口に手を当てる。

　確かに露伴は言っていた。増馬に〈ヘブンズ・ドアー〉を使った際に、八平太を指して「ああいう人物を漫画に出すのもいいかもな」と口走ったはずだ。

（迂闊《うかつ》だった。あの時、コイツは家にいた……。だから、その時の発言を聞いていたのか……）

　口ごもる露伴に対し、八平太はその場にひれ伏した。両手を組み、ひたすらに拝み倒してくる。

「俺のこと、漫画にしてくださいよォ！　心からのお願いです！　実現したら死んだっていいッ！」

「オイ……」

　フツフツと怒りが湧き上がる。追い込まれているのは露伴の方だが、そうした状況など関係なしに。

「君もファンなら知ってるだろう。僕が……、この岸辺露伴がッ！　他人から指図を受けて漫画を描くなど、あり得ると思うか！」

　思わず露伴は椅子から立ち上がり、机から身を乗り出し、平伏する八平太に指を突きつける。ここで思わず振った左手が手錠を引っ張り、ガシャン、と派手な音を立てた。

露伴は舌打ちを漏らし、再び椅子に体を預けた。足を上げ、無作法に机の上で足を組む。

一方、八平太はのっそりと立ち上がり、露伴を見下ろしてくる。勝利を確信した笑みがあった。

「あり得ないのが、あり得るのって、漫画の良いトコロだと思うんですよォ〜。というわけで、漫画を描いていただけるまで、ぜひとも地下で暮らしてください！」

「フン……」

「アアッ！　露伴先生は何も心配しないでください。その間は、誠心誠意、俺が先生の面倒を見るので！　あ、そうだ、飲み物とか出さないと！」

そう言って、八平太は慌てた様子で背後を向く。宣言通り、上階から飲み物やらを持ってくるつもりなのだ。

この状況に対し、露伴は一言だけ言葉を投げかける。

「なァ。君ってさァ〜、〈ミザリー〉読んだことある？　スティーブン・キングの」

露伴に問われ、八平太が振り返る。その顔は悲しげで、心の底から反省している、といった雰囲気があった。

「ああ！　イエッ、まだ読んでません！　でも露伴先生がオススメするなら、すぐにでも読みます！」

「いや、別にいい……。二番煎じだよ、君にとっては」

露伴の言葉を聞いて、八平太は無意味な笑みを浮かべた。


数時間が経ち、天窓からは明け方の青白い空が見えるようになった。

不意に露伴は椅子から立ち上がり、その場で軽く伸びをする。

手錠のせいで自由は制限されているが、机にかじりついて作業する分には問題ない。行動範囲が狭い、という意味では、普段の仕事だって似たようなモノだ。

〈だが厄介だ……。食事と睡眠はなんとかなるが、トイレのことだけは考えたくない。どんな方法を提示してくるか、想像するだけでゾッとする……〉

露伴は左手を振り、ガシャガシャと手錠を鳴らした。

〈確かに、逃げようと思えば逃げられる……。自分自身に『手錠を破壊する』とでも〈命令〉を書き込めば、肉体の限界を越えて、この手錠から抜け出せるだろう。だが、無傷では済まない。それから逃走するにも、また別の苦労がいる……〉

それに、と露伴は考えつつ椅子に座り直す。

〈奇妙なことだが……、あの八平太には〈ヘブンズ・ドアー〉の〈命令〉が効かない。書き込んだ内容が曖昧だった……？　いや、僕の〈ヘブンズ・ドアー〉の力は絶対的だ。何か理由があるにしても、判断するには……）

とにかく今は脱出の機会を待つ、と露伴は結論付けた。

かといって状況は変わらない。当然、ここに運び込まれるまでの間に、スマートフォンの類《たぐい》は取り上げられていたから、外部への連絡は絶望的だ。

視線を下ろせば、机には白紙の原稿用紙。暇つぶしに落書きの一つでもしようかと露伴は思ったが、それはそれで八平太を喜ばせる結果になりそうだ。

結局、何をするでもなく、露伴は机と向き合って考え事をするか、時折立ち上がって軽く運動をするしかなかった。

（まったく無為な時間だが……）

ふと、ここで天窓の方から音がした。

思わず露伴が上を見る。すると天窓はゆっくりと、外部から開かれているようだった。

コツン、と開いた天窓から何かが机に落下してくる。見れば、それは小さな鍵だった。

「露伴先生」

外から声だ。ささやくような音量だが、確かに外から名前を呼ばれたのだ。

「手錠の鍵です。八平太は、今は寝ています」

「君は、増馬純か」

救いの手が差し伸べられた。どうやら増馬は八平太の暴走を知り、こうして露伴を助けに来たようだった。

露伴も即座に事態を把握し、手にした鍵を使って手錠を外す。

「早く、露伴先生。逃げてください」

小さな声と共に、今度は天窓からロープが垂らされた。それを伝って外へ出ろというのだろう。

露伴も自由になった左手を振りつつ、腕にロープを絡ませ体を支えた。壁を蹴り、腕の力で体を引き上げ、三メートルほど上にある天窓まで辿り着く。

「やはり、日頃から運動しておくのは大事だな」

軽口を叩きつつ、露伴は細長い天窓から這い出す。

すでに夜は明けているようだが、周囲には朝もやが立ち込め、数メートル先すら見通せない。見える範囲には草木が生い茂っているから、ここは家の裏庭あたりだろう。ロープもまた、近くの松の木に結ばれていた。

露伴は振り返り、背後にそびえる屋敷を見上げた。ツタに覆われた二階建ての洋館。豪邸といって差し支えないが、どこか時代遅れな印象を受ける。また庭も広いが、手入れは行き届いていない。

「杜王町の北に別荘地があるが、そのあたりだろうな。古い別荘を鏑木八平太が買い取ったんだ」

露伴先生、と、ここで呼びかけがあった。

「早く、こっち」

声の方を向けば、庭の端に増馬の影が見えた。

露伴は増馬に導かれ、裏庭から車道へと出た。周囲には八平太の屋敷以外に人家はなく、うねった道の左右には雑木林が広がっている。ここは杜王町の北方にある森林地帯だろう。

「ほら、早く。八平太が起きる前に」

朝もやの向こうで増馬が呼びかける。露伴はその背を追って車道を走る。

「今更だが、助けてくれたことに感謝するよ」

小走りの露伴が増馬に声をかける。彼女は一瞬だけ振り返り、そのメガネに光を反射させた。

「礼には及びません。私が、露伴先生を助けないと、って強く思ったので……。八平太がしたことは、私が謝らないと」

やけに持って回った言い方だった。その違和感に露伴は気づいたが、増馬なりの表現だろうと聞き流した。

「なァ、アンタはどうして、そこまで鏑木八平太に肩入れするんだ？　別に恋人とかじゃあないんだろう」

「違います。彼は本当に、ただの友達です。でも、たった一人の大事な親友……」

増馬が走りながら話し始めた。露伴は走る速度を緩め、彼女の言葉に耳を傾ける。

「私の両親は……、とても厳しい人たちでした。私が子供の頃から、漫画を読むことも、アニメを見ることも許してくれませんでした……」

「そんな気はしてたよ」

「ただ本当は……、私も漫画が読みたかった。クラスメイトが話す、〈少年ジャンプ〉という雑誌が気になってた。だから、お小遣いを貯めて、両親に内緒で一冊だけ買った……」

フフ、と前方を走る増馬が自嘲気味に笑った。

「でも、ある日、その一冊が両親に見つかってしまった。当然、怒られる……。だから私は、とっさに言い訳をした。これは友達の八平太君が読みたがっていたから、代わりに買ってあげたモノで、私は別に漫画なんて興味ない、って……」

一歩、また一歩と露伴が足を動かす。そのたびに増馬も無人の車道を走っていく。

「アンタはジャンプを八平太に貸した。それでヤツは〈ピンクダークの少年〉と出会い、その結果として、僕らは朝の山道を全力で走ってる」

不意に、露伴は前方を走る増馬の、奇妙な足取りに気づいた。

露伴が新たに一歩を踏み込めば、まるで空気に押し出されるように、増馬の体は遠ざかる。彼女は手足をめちゃくちゃに振り、体を前へと運ぶ。

〈なんだ……、あの動きは？　今すぐに止まって休みたいのに、無理にでも走っているような。それだけ必死なのか、それとも――）

目測で三メートル。その距離を保ちながら、増馬は露伴の前方を走っていく。

（まるで、何かに操られているような）

ふと露伴は何かに気づき、突如として足を止める。

すると前方の増馬も足を止めた。やはり三メートルほど離れた位置で。単なる偶然と無視したいが、露伴自身、その距離に思い当たるモノがある。

「オイ、待て」

もう一つ、露伴が〈命令〉した内容があったはずだ。

『露伴を解放する』

事実として、増馬は露伴を地下室から『解放した』。その〈命令〉は正しく実行されたはずだ。

「アンタは一体……」

露伴が声を掛ける一方、増馬は「アアッ」と悲鳴を漏らした。

「八平太が起きた！　彼がやってくる！」

増馬の叫びに、露伴は思わず背後を振り返った。しかし、車道の先まで見渡しても、人影はない。

「違う！」

再び増馬が叫び、露伴は視線を戻す。

「八平太は、私の中からやってくるッ！」

増馬は振り返り、露伴に相対した。

ふと強風が吹いた。木々が揺れ、朝もやが風に散らされる。露伴の前に立つ増馬の姿が、遠い朝日に照らされる。

増馬は〈ピンクダークの少年〉のTシャツを着ていた。

「私は……、鏑木八平太にジャンプを貸してあげた。本当は、私の方が〈ピンクダークの少年〉を好きになったのに、両親に怒られたくなくて、架空の友達の名前を出した」

そう語る増馬の声色は、次第に野太いモノへと変化していった。

「その日から、俺の人生が始まったんです。サイン会でも、言いましたよね……」

露伴の目の前で、異様な事態が起こり始めた。

「コイツは……、そういうことか！」

肉が軋《きし》む不快な音が響く。うつむいた増馬の背筋が突っ張る。ガコガコと音を鳴らし、彼女の骨は組み変わり、骨格すら変わっていく。その手足は伸び、全身の筋肉が盛り上がっていく。

「直感で理解できる！〈ヘブンズ・ドアー〉の〈命令〉で肉体が限界を超えるように、〈精神〉の変化によって体が変化しているッ！」

露伴が身構える一方、増馬はその体を変身させていく。

増馬の身長は数十センチも伸び、長い黒髪も急激なストレスにさらされ、その色を白くさせていく。最後に彼女はメガネを取り去り、白い歯を見せて笑った。

「つまり、増馬純こそが鏑木八平太だったッ！」

全てが変化した。女性から男性に。増馬純から鏑木八平太に。そして、安全が危機に。

「そう、まるで〈ジキルとハイド〉のように！」

露伴は叫びつつ、八平太から距離を取ろうと後ずさる。

「アハッ！　その作品なら読んだことあります！　だって〈影のない男〉のエピソードにも出てきたので！」

でも、と八平太が続ける。凝りをほぐすように何度も首を曲げ、音を鳴らしている。

「俺と純ちゃんの関係は、ちょっと違うかもですね。俺たちはお互いを認識してるし、かけがえのない相手だと思ってる。こういうの、最近は〈イマジナリーフレンド〉って言うそうで。あ、漫画に使ってもらっていいですよ！」

「考えとくよ……」

そう告げるのと同時に、露伴が踵《きびす》を返して駆け出した。ここで八平太とやり合うつもりはない。

「露伴先生ッ！」

大地を蹴る音がし、露伴の後方に質量が迫る。押し出す空気の圧迫を受け、露伴はとっさに体を真横へと投げ出す。

跳躍してきた八平太が露伴の脇をすり抜ける。その瞬間、露伴は〈ヘブンズ・ドアー〉を発動していた。

「〈命令〉を書き込むッ！　お前は『岸辺露伴を視認できない』！」

勢いそのまま、飛びかかってきた八平太は車道に転がる。対する露伴は息を荒くし、ガードレールに身を寄せる。

「やだなァ、疲れちゃうなァ〜」

のっそりと八平太が立ち上がる。彼はただ真っ直ぐ、露伴のことを見ていた。

「確かに〈命令〉を書き込んだ……。だが、やはり思った通りだ。八平太には効いてない！」

露伴に向かって八平太が歩いてくる。

その顔は本のページのように開かれ、確かに〈ヘブンズ・ドアー〉による〈命令〉が書き込まれている。

しかし、次の瞬間、八平太の薄紙のようなページは自然に剝がれ落ち、空中に散った。

よく見れば、その下にある分厚いページに、カーボンコピーのように〈命令〉が転写されていた。

「つまり、そういうことか……。〈ヘブンズ・ドアー〉は〈精神〉に干渉するが、その対象が二つある場合は、表に出ている方にしか〈命令〉が効かない……」

それは八平太の防衛本能だったのだろう。

自らの〈精神〉にダメージを負うような場面に遭遇すると、八平太は瞬時に人格を切り替えることができる。よって露伴の〈ヘブンズ・ドアー〉を受けた瞬間、自動的に増馬の〈精神〉が表に出て、その〈命令〉は全て彼女が引き受けた。

その事実に思い至り、露伴は息を呑む。

〈マズいぞ……、まさに〈ヘブンズ・ドアー〉の天敵だ。そして僕は、戦闘力でアイツに勝てない！〉

八平太は不敵な笑みを浮かべ、悠々と歩き出す。対する露伴は、視線をそらすこともできず、ジリジリと後方へと下がっていく。

「露伴先生、俺の漫画……、描いてくださいよォ……。純ちゃんも喜ぶと思うなァ～。だって、本当は彼女も露伴先生の作品が好きだからさァッ！」

ごく自然に、そこで八平太は立ち止まる。ちょうど車道にカーブミラーが設置されている場所だ。

「大人しく、帰ってきてくださいよォ～。でないと、実力行使しなきゃいけない……」

そう言って、八平太はカーブミラーの支柱を両手で掴んだ。全身に力を込め、まるで大根を引き抜くような姿勢を取った。

「アアアアァッ！」

額に血管を浮き上がらせ、八平太がカーブミラーを持ち上げようとする。

「オイオイ……、嘘だろ？」

メリメリと不気味な音を立て、アスファルトが隆起していく。周囲に細かい粒が飛び散り、最後には基礎のコンクリート部分ごとカーブミラーが引き抜かれた。

「ろ、ろ、ろ、露伴先生ェ……」

重量のあるカーブミラーを、まるで薙刀《なぎなた》でも持つように抱え、一歩また一歩と八平太が迫ってくる。

その姿を見た露伴は、一も二もなく、真横のガードレールを飛び越え、雑木林の中へと逃げ込んだ。

「待ってくださいよォ！」

とにかく露伴がすべきことは逃走することだ。そして雑木林の中ならば、巨体の八平太より有利に走れる。

その判断は間違ってなかったはずだ。

「純ちゃんはさァ、可哀想な子なんだァ〜！」

しかし、八平太は無茶苦茶にカーブミラーを振り回し、あるいは体当たりによって、周囲の木々を薙ぎ倒していく。その歩みを阻《はば》むものなど、何もなかった。

「純ちゃんのパパとママはァ、漫画を読むなって言うんですよ！　あんなに素晴らしいのにッ！　だから、純ちゃんは〈ピンクダークの少年〉が大好きなのに、好きじゃあないって言うしかなかった！　好きなのは自分じゃなくて俺だって！　鏑木八平太だって！　そう信じるしかなかったんだァ〜！」

八平太が叫びながら、雑木林を破壊しつつ進む。

（クソッ！　なんだアイツは、めちゃくちゃだ！）

一方の露伴は逃げることしかできない。ただ走る。とにかく走って森を抜け、せめて人の目がある場所へ出ようとした。この状況で逆転の秘策など思いつかない。

「俺は露伴先生の作品が好きです！　それは本心で、でもそれは、純ちゃんが隠した気持ちなんです！　俺は純ちゃんのために、露伴先生に漫画を描いてもらいたい！　そのためだったら、俺は無茶だってできるゥ！」

木々の間を駆け抜ける露伴は、背後で何が起ころうとしているのか、まったく見えていない。

「だって俺は、純ちゃんのたった一人の友達だからァ！」

ブゥン、と風を切る音が響き、次に枝が爆《は》ぜるように折れていく音が続く。

「ぐっ、ウオオッ！」

慄然《りつぜん》とし、思わず露伴は前方に転がり込んだ。

その頭上をカーブミラーが飛んでいく。それは木々を一直線に薙ぎ払い、露伴が倒れた前方の地面に突き刺さった。

「クッ……」

倒れた露伴は仰向けの体勢を取る。荒く息を吐き、酸素を肺へ送り込む。足が震え、手が痺《しび》れる。ここまで無心で走ってきたが、いよいよ体が言うことを聞かなくなってきた。

「ここまで、追い込まれるとはな……」

額に温かい液体の感触があった。露伴が手をやれば、その指にべったりと血が着く。木の枝で傷つけたか、それとも投げつけられたカーブミラーがかすったか。

「露伴先生ェ、ご無事ですかァ〜？」

「ウッ！」

雑草を踏み荒らし、八平太が駆けつける。そのまま彼は露伴に馬乗りとなり、太ももでガッチリと体を押さえ込んでくる。

「良かったァ、大丈夫そうですね！」

「そう見えるか？」

アハハ、と八平太が口を大きく開いて笑う。

「話の続きなんですけどォ、俺って友達思いなんで、純ちゃんのために何だってできるんですよォ……」

露伴は何も言わず、陶酔した様子の八平太を下から見上げた。

「昔、子供だった純ちゃんは〈ピンクダークの少年〉の単行本を何冊か買い集めてた……。相変わらず、俺に貸すためだ、って言い訳をして……」

遠い過去を懐かしむように八平太は話し続ける。一度だけ、露伴は逃げ出せないかと身じろぎしたが、無駄なあがきだった。

「でも、さすがに嘘だってバレて……、両親は純ちゃんの目の前で、その漫画本を燃やしたんです。泣き叫ぶ純ちゃん。口には出せなかったけど、それ以来、パパとママをとっても恨んでた……」

「…………」

「で、つい先月なんですが！　俺が純ちゃんの代わりに復讐を果たしました！　自宅に火をつけて、純ちゃんのパパとママを燃やしてあげたんです！　漫画本と同じようにッ！」

それを罪とも思ってないのだろう。八平太は嬉々として、いかに火事を起こしたかを語ってくる。気分のいい話ではなかったが、この会話で露伴が新たに気づくものもあった。

以前、八平太が「自由な生活を送れるようになった」と言ったのは、別に刑務所から出られたという話ではない。増馬純の両親が亡くなり、身体的に歯止めが効かなくなったのと、遺産か保険料かで、経済的に自由になったという意味だ。

つまり、今の八平太は何者にも縛られない、自由で、無敵な存在となった。露伴がどこに逃げようと、必ず追ってくるだろうし、一般的な倫理観も持ち合わせていない。

「正直……」

だから、露伴は覚悟を決めた。

「君のことをナメてたよ。ただの厄介なファンだと思ってた。だが、話を聞いて認識を改めた。尊敬すべき友情の持ち主だ」

「露伴先生ェ〜！」

八平太は嬉しそうに、倒れる露伴に顔を近づける。

「だからこれは、僕からの〈ファンサービス〉だ」

その時、露伴は八平太の顔に手を伸ばした。指先についた血をインクに、彼の頬をキャンバスに、一瞬のうちに何事かを描きつけた。

「え？」

「サインだ。特別に〈影のない男〉も描いてやった。君のためだけの描き下ろし……」

八平太はワナワナと震え、思わず自身の頬に触れようとする。しかし、描かれた絵が消えてしまわないよう、その手をもう一方の手で押さえた。

「エッ、エエエ〜ッ！　最高だァ！」

歓喜の声を上げ、八平太は露伴の体から離れる。彼はキョロキョロとあたりを見回し、何かを探していた。

「ど、ど、どうしよう！　俺だけの！　俺だけ特別にッ！　見たい！　一体どんな感じで！　アッ！」

そして八平太は、地面に突き刺さったカーブミラーを発見した。

八平太は即座に駆け出し、横向きになったカーブミラーを両手で摑む。その頬に描かれた〈ファンサービス〉を見るために。

「ウッ、ウオオッ！　凄いィ〜！」

感動に咽《むせ》び泣《な》く八平太。その背後に露伴が近づく。

「喜んでくれるといいんだがな」

「アァ……、露伴先生ェ、ありがとうございますゥ〜！　あれ、露伴先生……」

ふと振り返る八平太。横に立つ露伴に気づくことなく、彼は周囲を見渡している。

「あれ、露伴先生！　どこですか、露伴先生ェ！」

はらり、と八平太の頬が本のページとなって剝がれる。

『岸辺露伴の姿を知覚できない』

その文言が〈影のない男〉の絵と一緒に、八平太のページに書き込まれている。ただし、反転した鏡文字で。

「絵を描く際に〈ヘブンズ・ドアー〉で一緒に書き込んだ……。ギリギリの、咄嗟《とっさ》の判断だったが……。今回はしっかりと、君は〈命令〉を認識してくれたんだろう。なにせ君のために描いた絵だ。増馬純の〈精神〉を表には出さず、鏑木八平太の〈精神〉で見て、その〈命令〉を理解した……」

フラフと八平太が立ち上がる。不安そうに左右に首を振り、露伴を探しているようだった。

「露伴先生ェ、どこ行っちゃったんですかァ？　ねェ〜、出てきてくださいよォ！」

大声を出しつつ、八平太は隣にいる露伴を無視して、雑木林の奥へと歩き出した。

「鏑木八平太……、凄《すさ》まじい執念を持つ僕のファン。ある意味では、敬意すら感じる相手。だから、覚悟は必要だった。もう二度と、出会えないという……」

やがて八平太の姿は木々の向こうに消えていく。それを確かめた露伴もまた、車道側に向かって歩き出した。

「だが、ファンレターくらいは待っていてやるよ」

いつしか朝もやは晴れ、太陽の無遠慮な輝きがあたりを照らしていた。

それから二年ほど経ったある日、露伴のもとに一通のファンレターが届いた。

差出人は鏑木八平太だったが、その封筒の裏書きはF刑務支所となっていた。

『露伴先生へ』

その書き出しで始まったファンレターは、いつか八平太を本にした際に見たのと同じように、びっしりと細かい文字が連なっていた。

『ご無沙汰しております、鏑木八平太です。まず、この名前は何だと刑務官の方に聞かれますので、単なるペンネームだと言い訳させていただきます』

露伴は自宅の仕事部屋に手紙を持ち込み、作業の手を止めて、そのファンレターを読み進めていく。

『俺は今、自宅に火をつけ、増馬純の両親を殺害した罪で服役中です』

その事実は露伴も知っている。最後に八平太と会った日の直後、彼は警察に逮捕されていた。ニュースでは両親への恨みを募らせた末の犯行と解説され、その映像には増馬純の写真が使われていた。

鏑木八平太の正体を知っているのは、おそらく露伴と増馬の二人だけだろう。

『あと三十年は刑務所の中にいると思いますが、日々、自らの罪と向き合い、深く反省していきたいと思います。ただ、そうした日常にも唯一の楽しみがあります。それは露伴先生の漫画を読むことです』

フン、と露伴は思わず笑ってしまった。

相変わらず、八平太は露伴のファンでいてくれるらしい。差し入れでもらった〈ピンクダークの少年〉の新刊を読んだようで、手紙には何行も使って、絶賛ばかりの感想が書き連ねられていた。

『これからも、先生の新作が読めることを心より楽しみにしております。最後に、露伴先生のますますのご活躍と、ご健康を、遠くより願っております』

ぴら、と露伴が手紙の最後をめくる。

『あなたのファン・鏑木八平太より』

それまでの熱い感想とは打って変わって、手紙の最後は抑制的かつ丁寧な調子で締められていた。これが八平太なりの〈適度な距離感〉なのだろう。

露伴は八平太からの手紙を読み終え、そのまま仕事部屋後方の棚まで移動する。引き出しを開けば、その中には大量のファンレターが詰め込まれていた。

「言われなくても、新作は描き続けるよ」

露伴は呟き、ファンレターの山へ新たに一通を加えた。

荒木飛呂彦
Hirohiko Araki

1960年生まれ。第20回手塚賞に『武装ポーカー』で準入選し、
同作で週刊少年ジャンプにてデビュー。
1987年から連載を開始した『ジョジョの奇妙な冒険』は、
圧倒的な人気を博している。

柴田勝家
Katsuie Shibata

2014年、『ニルヤの島』で
第2回ハヤカワSFコンテスト大賞を受賞しデビュー。
代表作に『ヒト夜の永い夢』『アメリカン・ブッダ』など。
2018年、「雲南省スー族におけるVR技術の使用例」で
第49回星雲賞日本短編部門受賞。

◆初出

曰くのない人形　ペア・リペア――岸辺露伴は動かない　短編小説集(5)
(ウルトラジャンプ　2024年5月特大号付録)
不見神事　ファン・鏑木八平太の場合――書き下ろし

岸辺露伴は嗤わない 短編小説集

2024年12月23日発売　第1刷発行

著　　者　　柴田勝家

原　　作　　荒木飛呂彦

装　　丁　　小林 満 + 黒川智美(GENIALÒIDE,INC.)

編集協力　　北 奈櫻子

編集担当　　六郷祐介

編 集 人　　千葉佳余

発 行 者　　瓶子吉久

発 行 所　　株式会社　集英社
東京都千代田区一ツ橋2-5-10　〒101-8050
電話【編集部】03-3230-6297
【読者係】03-3230-6080
【販売部】03-3230-6393(書店用)

印 刷 所　　大日本印刷株式会社
株式会社太陽堂成晃社

ISBN948-4-08-703555-1 C0293

JUMP j BOOKS：http://j-books.shueisha.co.jp/

本書のご意見・ご感想はこちらまで！

http://j-books.shueisha.co.jp/enquete/